Johanna Gerhard

Der Klang von Feuerblau

Über die Autorin

Johanna Gerhard, geboren 1988, hat Wirtschaftsrecht studiert und einige Jahre im Personalwesen und Projektmanagement gearbeitet. Danach hat sie sich entschieden, ihre Leidenschaft zum Beruf zu machen.

Mit einem Abschluss im Studienfach *Literarisches Schreiben und Kulturjournalismus* und einer Zertifizierung zur *freien Lektorin (ADM)* arbeitet sie mittlerweile als freiberufliche Autorin, Lektorin und Story Coach. Unter dem Pseudonym Jaycee Falconer hat sie bereits an der Audible exklusiven Hörbuchreihe *Arkenhall* mitgeschrieben.

JOHANNA GERHARD

DER KLANG VON Feuerblau

2. Auflage, Oktober 2021

Johanna Gerhard, Kiebitzweg 12, 21339 Lüneburg

www.johannagerhard.de

kontakt@johannagerhard.de

Umschlaggestaltung: Sarah Scheumer, www.sarahscheumer.de

Bildquelle: Shutterstock

Lektorat: Mea Kalcher, www.meakalcher.de

Korrektorat: Martha Wilhelm, www.textwinkel.de

Bestellung und Vertrieb: Nova MD GmbH, Vachendorf

ISBN: 978-3-96966-850-4

Druck:

PRINT GROUP Sp. z o.o.

ul. Księcia Witolda 7

71-063 Szczecin (Polen)

Für Jonas,
Liebe meines Lebens

Es ruht ein Leben in den Saiten
Und Geister wohnen in dem Klang.

Emil Rittershaus (1834-1897)

Präludium

Die Tasten geben unter dem Druck meiner Finger nach. Die Töne verschmelzen zu einem farbigen Schleier, der sich über das Zimmer legt und auch nicht verschwindet, als ich die Augen schließe. Ich lasse die Klänge aus mir hinausfließen und die Farben tropfen von den Saiten, bis ich entspannt in den bunten Wogen treibe.

Ich liebe das Cembalo. Die schillernden Töne. Früher hat Vater gesagt, ich könne Musik malen. Genau wie er. Damals, als er selbst Musik gemalt hat, die nach leuchtenden Diamanten klang.

Ich werfe einen Blick auf die Uhr über der Tür und lasse die Töne verklingen. Noch fünf Minuten. Das Leuchten der Musik verschwindet und hinterlässt eine kalte Leere. Mit jedem Schritt, den sich der Sekundenzeiger ruckartig nach vorn bewegt, wächst meine Anspannung. Ich presse die Hände in den Schoß, um das Zittern zu unterdrücken, das mich immer überkommt, wenn ich auf ihn warte.

Das Sonnenlicht wirft tanzende Flecken in den Raum. Die Strahlen wärmen den Nacken. Es fühlt sich an wie einer der längst vergangenen Sommertage in Winters

Weiher. Wie an meinem zehnten Geburtstag, als die Welt in Ordnung und mein Leben nicht die Hölle war. Vier Jahre ist das schon her.

Kälte kriecht mir durch den Körper und vertreibt die Sonne. Noch zwei Minuten.

Wie lange wird es heute dauern, bis er mich gehen lässt?

Ich starre auf die Tür und bete, dass sie geschlossen bleibt. Dass er nicht kommt. Dass er mich in Ruhe lässt.

Der Minutenzeiger rückt auf die Zwölf vor. Die Tür rührt sich nicht.

Ich wage es kaum, zu hoffen.

Schritte auf dem Flur. Er ist es. Ich erkenne es am Gang. Lange, schwere Schritte. Die Tür wird geöffnet und er tritt ein.

Mein Körper verkrampft sich.

Vater steht im Türrahmen, sein Blick ist ausdruckslos. Da, wo früher die rechte Hand war, lugt ein nackter Stumpf aus dem umgeschlagenen Hemdsärmel. In der anderen Hand hält er seinen Taktstock. Meine Handrücken kribbeln.

»Bach, Präludium in C-Dur.«

Die Worte sind ein Schwall kaltes Wasser. *Nicht schon wieder.* Ich versuche, mich zu entspannen, sonst werde ich heute gar nicht mehr hier rauskommen.

Das Stück ist mir so vertraut wie mein Schulweg. Jede Note hat sich als Farbtupfer in mein Hirn gebrannt. Mechanisch setzen die Hände an, den immer gleichen Bewegungsablauf abzuspulen.

Wird er heute zufrieden sein?

Mühelos gleiten die Finger durch die Partitur, die Töne plätschern wie ein Bachlauf vor sich hin. Das Musikzimmer färbt sich sonnenblumengelb. Das Rot von Himbeeren mischt sich dazu. Beides zerfließt in ein dunkles Blau. Feuerblau hab ich es früher genannt.

Ein Knall.

Ich zucke zusammen und höre auf, zu spielen.

Vater hat die Tür zugeschlagen und starrt mich zornig an. »Das kannst du besser. Noch mal.«

Ich weiß, dass er das Blau dunkler haben möchte. So wie er es früher gespielt hat. Das Legatissimo ein wenig ausdehnen und den Ton kräftiger anschlagen, damit es wie blauer Rauch aussieht. Ein Unterschied, den vermutlich nur er und ich hören und sehen können.

Ich beginne von vorn, doch an der gleichen Stelle unterbricht er mich wieder, indem er den Taktstock gegen den Türrahmen schlägt. Dabei weiß ich genau, dass ich keinen Fehler gemacht habe. Es war schon immer Feuerblau. Damals hat er gesagt, dass es gut zu mir passt.

»Ich habe langsam keine Geduld mehr. Wie oft müssen wir es noch üben, bis du den Unterschied siehst? Oder kannst du ihn nicht sehen? Ist es zu hell hier drin?« Er drückt auf den Schalter neben der Tür und mit einem Rattern setzen sich die Außenjalousien in Bewegung. Dann dreht er den Schlüssel im Schloss.

Das Licht schwindet. Nicht einmal die Luftschlitze lässt er offen. Ich bin gefangen. Wie so oft. Und Mutter ist schon wieder nicht da.

Die Schwärze engt mich ein. Ein tonloser Druck, der mich erstickt. Bildfetzen schießen durch meinen Kopf.

Dunkelheit. Farbstrudel, die hinter der Stirn hämmern. Atemzüge im Nacken. Beißende Schmerzen auf den Handrü-

cken. Und heiße Scham, die sich in mir ausbreitet, als sich die Angst unkontrolliert entleert.

Ich muss mich zwingen, ihn nicht anzuflehen, mich gehen zu lassen. Es würde alles schlimmer machen. Zum Glück kann er nicht sehen, dass ich zittere.

Die Berührung am Rücken schießt wie ein elektrischer Schlag durch meinen Körper. Es ist Vaters Armstumpf. Ein knubbeliges Etwas, das sich drohend an mich presst.

»Sitz gefälligst gerade.«

Ich richte mich auf, so gerade wie möglich. Alles, um dieser verkrüppelten Berührung zu entgehen.

»Und jetzt spiel.«

Ich kann nicht. Ich kann mich nicht bewegen, nicht atmen, nicht denken. Vergangenheit und Gegenwart verschmelzen zu einem Albtraum, der seit Jahren anhält. Ich will das alles nicht.

»Spiel!« Er haut auf die Tasten und eine Farbexplosion aus Feuerrot, Smaragdgrün und Lila schießt durch meinen Kopf. »Du kommst hier erst raus, wenn du es richtig machst.«

Ich presse mir die Hände auf die Ohren. Es ist zu viel. Zu intensiv. Seine Dunkelheit hält mich fest. Sie schmeckt bitter.

Ich verstehe nicht, was ich falsch gemacht habe. Warum meine Leistung nie gut genug ist, obwohl ich die Stücke fehlerfrei beherrsche. Warum tut er mir das an? Jeden Tag aufs Neue. Ich kann nicht anders. Ich weine.

Wieder bohrt sich der Armstumpf in meinen Rücken, Vaters Atem im Nacken ist glühend heiß, während er mich anbrüllt, dass ich spielen soll.

Ein Teil von mir will sich auflehnen, sich weigern.

Aufstehen. Gehen. Aber der andere Teil, der, der noch immer hofft, dass alles wieder gut wird, und der alles tun würde, damit mein Vater mich wieder lieb hat, ist stärker.

Also spiele ich. Immer und immer wieder dieselbe Passage. Farbige Blitze im Dunkeln, die meinen Kopf zerreißen. Grell und schmerzhaft.

»Falsch«, brüllt er und peitscht den Stock auf meine Hände. »Falsch, falsch, falsch!«

Ich schreie. Etwas Warmes läuft über meinen Handrücken. Doch ich spiele weiter. Spiele, bis sich alles dreht und ich die Hände nicht mehr spüre. Blauer Schwindel. Taubenblau. Blaugrau. Marineblau. Nie Rauchblau. Der gleiche Ton in unterschiedlichsten Nuancen.

Es hört nicht auf. Vater drückt meinen Kopf in den lauten Ozean von Blautönen. Er lässt nicht los.

Ich ertrinke.

Fis in Rot

Es fühlte sich gut an, Vaters Gesicht zu zerfetzen. Die Papierschnipsel wirbelten durcheinander und bildeten einen Haufen traurigen Konfettis auf dem Boden des Papierkorbs.

Mein Herz hämmerte im Stakkato, seitdem ich das aktuelle Titelblatt der *Musik heute* gesehen hatte.

Großzügiges Genie – Nestor Camino gründet Stiftung zur musikalischen Förderung benachteiligter Jugendlicher

Mutters Werk. Ohne Zweifel. Allein kam Vater nicht auf solche Ideen.

Alles in mir verkrampfte sich. Der Zorn war mir so vertraut, dass ich ihn wie einen Freund willkommen hieß. Ich starrte auf die bunten Papierfetzen.

Die Türklingel riss mich aus den Gedanken. Das musste einer der Bewerber sein. Meine Chefin hatte es sich zur Aufgabe gemacht, ein Vorstellungsgespräch nach dem anderen zu führen, um das Angebot an der Musikschule zu erweitern. Was dazu führte, dass ich mein Büro in den letzten Tagen kaum für mich allein gehabt hatte. Die Schule hatte einen außerordentlich guten Ruf.

Als ich die Tür öffnete, stand mir ein junger Mann

gegenüber. Er wippte auf den Füßen hin und her und sah aus wie jemand, den man gegen seinen Willen in einen Konfirmandenanzug gesteckt hatte. Ich konnte seine Vorfreude deutlich spüren. Er war mir auf Anhieb unsympathisch.

»Guten Tag. Lars Böttcher. Ich habe um zwei ein Vorstellungsgespräch.«

Ich trat zur Seite. »Kit Camino. Herzlich willkommen.« Sowohl herzlich als auch willkommen waren gelogen. Ich zeigte auf mein Büro. »Bitte nehmen Sie noch einen Moment Platz. Frau Gerlach wird gleich bei Ihnen sein. Darf ich Ihnen etwas zu trinken anbieten?«

Ich spulte mein Programm herunter und war froh, als Herr Böttcher verneinte. Stattdessen sah er sich in meinem Büro um. Es gab nicht viel zu sehen außer kahlen Wänden und verschlossenen Schränken. Ich hatte das Gefühl, dass er augenblicklich ein Urteil über mich fällte, als sein Blick auf der Messingplakette mit der Aufschrift »Sekretariat« hängen blieb. Dem einzigen Gegenstand, der außer Bildschirm, Tastatur und Drucker auf meinem Schreibtisch stand. Von der Zeitschrift mit dem fehlenden Deckblatt abgesehen.

Er setzte sich aufs Sofa. Es entstand ein beinahe behagliches Bild, das nicht zum Rest des sterilen Büros passte.

Wieder an meinem Platz versuchte ich, so zu tun, als wäre ich allein. Leider spürte ich genau, wie Herr Böttcher mich beobachtete. Ich fixierte den Bildschirm, ohne wahrzunehmen, was ich vor mir sah.

Ein Räuspern durchbrach die Stille. Ich schloss die Augen, um mich zu sammeln. Wieso konnten sie mich nie in Ruhe lassen? Lag es an dem Sofa, dass, wer auch immer darauf Platz nahm, mich unbedingt in ein Gespräch verwickeln wollte?

Ich wandte mich Herrn Böttcher zu, wich seinem Blick jedoch aus. Ich wartete immer noch darauf, dass irgendwer daraus schließen würde, dass ich nicht reden wollte. Offensichtlich vergebens, denn auch aus Herrn Böttcher sprudelte ein ganzer Wasserfall.

»Wissen Sie, Frau Camino, es ist eine große Ehre für mich, Sie kennenzulernen. Ich wusste nicht, dass Sie hier arbeiten. Unterrichten Sie auch?«

Ich ignorierte den Kloß, der sich in der Kehle bildete, und zwang mich zu einer neutralen Antwort. »Das Unterrichten gehört nicht zu meinen Aufgaben.«

»Ich muss ehrlich sagen, dass mich das ein wenig beruhigt. Für einen Moment dachte ich, dass ich gleich wieder gehen könnte. Wozu braucht diese Musikschule einen zweiten Cembalo-Lehrer, wenn *Sie* hier arbeiten? Aber das erklärt es natürlich.«

Während für Herrn Böttcher die Welt wieder in bester Ordnung war, erstarrte meine. Eine eisige Kälte fraß sich durch meine Eingeweide. Am liebsten hätte ich mich zusammengekrümmt – wenn ich allein gewesen wäre.

Ich bekam nur am Rande mit, dass meine Chefin hereinkam, den Bewerber begrüßte und in ihr Büro bat.

Er spielte Cembalo. Dachte Frau Gerlach etwa darüber nach, in diesem Haus Cembalo-Unterricht anzubieten?

Mit jedem Atemzug strömte weniger Luft in meine Lungen. Als ob nicht so schon jeder Tag schwer genug war. Wie sollte ich da noch ein Cembalo ertragen? Ich hatte mir diese Schule gerade deshalb ausgesucht. Musik ja. Cembalo nein.

Da kam Frau Gerlach noch einmal zurück. »Frau Camino? Würden Sie bitte mitkommen? Mich interessiert Ihre Meinung.«

»Auf keinen Fall.« Die Worte verließen meinen Mund, bevor ich darüber nachdenken konnte, dass etwas Diplomatie meiner Chefin gegenüber angebracht wäre.

Mit den streng zurückgebundenen Haaren, der hellen Bluse und dem knielangen Bleistiftrock sah sie aus, als wäre sie einer Vorstandsetage entflohen. Gleich würde sie mich ermahnen. Doch sie sagte nichts. Stattdessen drehte sie sich um und ging.

Glasklar ertönten etwas später die ersten Klavierklänge. Ich erkannte das Stück sofort: die *Toccata in e-Moll* von Bach. Eigentlich fürs Cembalo komponiert.

Ein farbiger Schleier legte sich über die Welt und ließ jede Note in ihrer ureigensten Farbe durch meinen Kopf tanzen. Ich kannte den bunten Reigen in- und auswendig. Es war so natürlich wie Atmen, dass jedes Stück seine eigene Farbkomposition trug. Diese hier wurde hin und wieder durch einen falschen Farbtupfer gestört, wenn Herr Böttcher sich verspielte.

Ich wünschte mir, ich könnte ihn korrigieren. Ich wünschte, ich könnte ihm zeigen, wie man es richtig spielte. Nicht auf einem Klavier. Auf einem Cembalo.

Nein! So weit durfte ich nicht denken. Noch gab es hier kein Cembalo und so würde es hoffentlich bleiben. Alles würde weitergehen wie bisher. Ich würde ganz normal weitermachen und meiner Arbeit nachgehen.

Ich atmete tief ein und versuchte, die Eiseskälte abzuschütteln. Das Klavier füllte die Stille, sodass ich ihm ausgeliefert war. Ich ertappte mich dabei, wie ich das Spiel von Herrn Böttcher analysierte: dynamisch, technisch anspruchsvoll, ein wenig emotionslos, zu viele Fehler. Sie alle machten zu viele Fehler. Wirklich perfekt war bisher niemand gewesen. Zumindest niemand in der Musikschule.

Dann kam der Schmerz und ich wünschte, ich wäre taub. Jeder Ton bohrte an einer Erinnerung, die ich vergessen wollte. Ich zwang mich, aufzustehen. Es waren nur ein paar Schritte, trotzdem kam ich nicht voran.

Nach einer gefühlten Ewigkeit drückte ich die Tür zu. Die Töne verblassten, wurden leiser und dumpfer. Ich lehnte mich gegen das Türblatt. Die Begegnung hatte mich ausgelaugt. Als ob bereits Abend wäre.

Ich ging zurück zum Schreibtisch, ließ mich in den Drehstuhl sinken und sah aus dem Fenster. Die Hecke leuchtete in einem viel zu kräftigen C. Doch das seidige D der Vorhänge, die bis zum Boden reichten, war tröstlich.

Kein Tag des letzten Jahres war wirklich gut gewesen. Aber dass ausgerechnet heute alles zusammenkommen musste … Als verhöhnte mich die Welt, während ich mir die Nase am Fenster platt drückte und den anderen beim Leben zusah.

Ohne dass ich es wollte, musste ich lachen. Es klang selbst in meinen Ohren verbittert.

Ich presste die Handballen auf die Augen und versuchte, die Bilder wegzudrängen, die mich überfluteten.

Kräftige Arme, die mich durch die Luft wirbeln, bis die Welt in ihren Tönen verschwimmt. Eine tiefe Stimme, deren warmes Timbre ein Schlaflied webt, das sich wie eine Decke in allen Farben des Regenbogens über mich legt.

Schritte auf dem Flur holten mich in die Gegenwart zurück.

»Vielen Dank für Ihre Zeit, Herr Böttcher. Ich werde mich innerhalb der nächsten Woche bei Ihnen melden«, sagte Frau Gerlach.

Ich richtete mich auf und versuchte, mich zu fassen; tat so, als würde ich wichtige Dinge in die Tastatur hauen. Da öffnete Frau Gerlach die Tür. Ihre rechteckige Brille saß zu weit vorn auf der Nasenspitze. Sie musterte mich über den Brillenrand hinweg.

»Haben Sie einen Moment Zeit, Frau Camino?«

Ich nickte.

»Dann lassen Sie uns doch mal zusammensetzen.« Sie schob ihre Brille nach oben. Ich wusste, dass dies keine Bitte war.

Ich folgte ihr über den Flur. Die frisch gebohnerten Holzdielen knarzten unter unseren Füßen, was durch den aggressiven Rhythmus von Frau Gerlachs Absätzen fast übertönt wurde. Wie immer war ich mir der Anwesenheit der Kunstdrucke an den Wänden bewusst, die verschiedene Musikinstrumente zeigten. Eines schöner als das andere, doch ich sah sie nicht an, weil eins davon ein Cembalo war.

Wir gingen an den Musikzimmern vorbei, die, obwohl sie geschlossen waren, nach mir riefen. Ich spürte ihren Sog, verführerisch und bedrohlich.

Das Büro von Frau Gerlach passte nicht zum Rest der Musikschule. In den Regalen standen Fotos, die viele lachende Menschen zeigten; auf der Fensterbank Blumentöpfe, in denen Blumen ihren süßen Duft verströmten. Ich setzte mich ihr gegenüber in einen der tiefen Ledersessel. Auf dem Schreibtisch zwischen uns lagen Erinnerungsstücke ans Meer: Muscheln, Steine, ein Buddelschiff, eine Flaschenpost.

Frau Gerlach hatte sich eingerichtet, während ich es nicht über mich brachte, auch nur eine Pflanze auf die Fensterbank zu stellen. Jeden Tag aufs Neue bereit zu flüchten.

Frau Gerlach füllte zwei Gläser mit Wasser. Heute war einer dieser Tage, an dem ich der Welt und ihren Eindrücken nicht gewachsen war. Das Plätschern des Wassers war für meine Ohren unerträglich laut. Frau Gerlachs perfekt manikürte Fingernägel strahlten zu grell in Fis, genau wie ihre Brille. Sie lehnte sich zurück und lächelte.

Ich wich ihrem Blick aus und senkte den Kopf. Ihre Präsenz, die Toccata, meine Erinnerungen. Es war zu viel.

»Frau Camino, wie gefällt es Ihnen bisher? Arbeiten Sie gern hier?«

Mein Körper versteifte sich. Ich wusste nicht, wie ich diese Frage beantworten sollte, weil klar war, worauf es hinauslief. Augen schließen. Luft holen. Nachdenken.

»Ich bin zufrieden.« Ich hoffte, dass meine Antwort sicher klang. Auch wenn ich mich nicht so fühlte. Ich spürte, dass Frau Gerlach mich weiter anlächelte.

»Wissen Sie, was ich nicht verstehe?«

Bitte nicht.

»Warum genügt es einer zwanzigjährigen Frau mit Ihrem Talent, als Sekretärin zu arbeiten?«

Ich hörte das Interesse in ihrer Stimme, konnte mir jedoch nicht helfen: Ich fühlte mich verhört. Und es ging sie nichts an. »Das steht so in meinem Vertrag.«

»Frau Camino, darum geht es nicht. Es geht darum, dass Sie überqualifiziert sind für diese Arbeit.«

Ich atmete scharf ein. »Heißt das, Sie wollen mir kündigen? Warum haben Sie mich dann überhaupt eingestellt?«

»Keine Sorge. Ich hatte lediglich gehofft, dass Sie der Musikschule Ihr Talent zur Verfügung stellen, wenn Sie erst einmal angekommen sind.«

Alles in mir verlangte danach, meine Ablehnung herauszuschreien. Doch ich beherrschte mich. »Was ist mit Herrn Böttcher?«

»Er ist ein guter Kandidat«, sagte Frau Gerlach. Ihre Fingerspitzen schlug sie in einem stetigen Rhythmus gegeneinander, immer um ein Hundertstel neben dem Takt. Die meisten Menschen sind nicht in der Lage, einen gleichmäßigen Takt zu halten.

»Aber wieso soll ich jemand Neues einstellen, wenn ich Sie habe?«

Ich ballte die Fäuste, bis ich die Fingernägel in den Handflächen spürte. Der Schmerz hielt mich zusammen. »Ich spiele nicht mehr«, sagte ich. Jedes Wort mit Nachdruck. *Akzeptier es einfach.*

»Das habe ich gehört. Aber ich wollte nicht glauben, dass Sie freiwillig Ihr Studium abgebrochen haben.«

Warum nicht? Warum kann es nie jemand glauben?

»Es ist aber so.« Ich versuchte, noch mehr Kraft in meine Stimme zu legen. Ich war kurz davor, die Geduld zu verlieren.

»Warum wollen Sie nicht mehr spielen? Sie könnten es so weit bringen.«

Dieses Mal sah ich Frau Gerlach direkt an und wunderte mich, dass sie nicht merkte, wie sehr sie mich aus der Fassung brachte. »Frau Gerlach, bei allem Respekt, das hat persönliche Gründe, über die ich nicht sprechen werde.« Damit sollte das Thema erledigt sein, oder?

»In Ordnung.«

Pause. Ich hoffte.

»Ich möchte Sie nur bitten, darüber nachzudenken. Es wäre dem Ruf unserer Musikschule sehr zuträglich.«

Ich stand auf und stieß dabei gegen den Tisch, was die Gläser zum Schwanken brachte. Der Raum begann, sich zu drehen, und der süße Blumenduft raubte mir die Luft zum Atmen. »Ich glaube, ich fühle mich nicht so gut. Ich würde gern gehen.« Ich griff nach dem Sessel, um mein Gleichgewicht zu halten.

Sie sprang auf, wollte mir helfen, doch ich schüttelte ihren Arm ab.

»Soll ich Ihnen ein Taxi rufen?«

Ich wollte ihre Besorgnis nicht. Ich wollte weg hier. »Nein danke. Die frische Luft wird mir guttun.«

»Wie Sie meinen. Melden Sie sich, falls es morgen nicht besser sein sollte.«

Ich nickte und wandte mich ab. Konzentrierte mich auf jeden Schritt, um nicht ins Straucheln zu geraten. Frau Gerlachs Blick bohrte sich in meinen Rücken.

Der Schwindel ließ nach, als ich ihr Büro verließ, dafür verengte sich der Flur. Ich musste hier raus.

Ich holte meine Handtasche und ließ alles andere, wie

es war. Die bloße Vorstellung, noch einen Augenblick länger hierzubleiben, brachte meinen Puls zum Rasen. Ich stemmte mich gegen die schwere Holztür, die mir den Weg versperrte. Mich einsperrte. Wertvolle Sekunden lang.

Als die Tür endlich hinter mir ins Schloss fiel, fühlte ich mich befreit. Ich atmete tief ein und aus; versuchte, zur Ruhe zu kommen. Bilder drängten sich in mein Bewusstsein. Ich schüttelte den Kopf. Ich wollte sie nicht sehen.

Mit zittrigen Fingern holte ich das Handy aus der Tasche. Drei verpasste Anrufe von meiner Mutter. Immer Mutter. Nie er.

Keine Enttäuschung, ermahnte ich mich. *Das hat er nicht verdient.* Dann wählte ich die einzige Nummer, von der ich wusste, dass die Person, der sie gehörte, mich verstehen würde. Es klingelte zwei Mal.

»Kit? Was ist los?« Maja merkte immer, wenn etwas nicht stimmte. Sie ließ mich nie im Stich.

»Kannst du vorbeikommen?«

»Gib mir eine Stunde. Dann hab ich Feierabend.«

♪ ♪ ♪

Ich wartete darauf, dass die Ampel umsprang, und bekam es doch nicht mit. Erst als ich angerempelt wurde, merkte ich, dass ich ins Nichts gestarrt hatte. Und da wurde es auch schon wieder fis.

Ich lief trotzdem über die Straße, ignorierte das Hupen und die Rufe wütender Radfahrer. Vorbei an der Backstube, aus der es nach frischen Brötchen roch. Vorbei an dem türkischen Obst- und Gemüseladen. Vorbei an der Kita, in deren Fenstern die Geschichte der Raupe Nimmersatt mit Fingerfarbe dargestellt war.

Plötzlich zogen Farben auf. Ich sah sie schon, bevor ich mir der Töne bewusst wurde. Die H-Saite der Gitarre war minimal zu tief gestimmt, zu gelbstichig, doch der Rest der Saiten und die raue Stimme verschmolzen zu einem ausgewogenen Bild, das mich zu sich rief.

Der Mann trug verwaschene Jeans mit Löchern auf den Knien und ein Baumfällerhemd mit hochgekrempelten Ärmeln. Seine Unterarme waren tätowiert. Die Westerngitarre glänzte so schön, wie sie klang. Bis auf die H-Saite.

Er war zu gut, um einfach weiterzugehen und es dabei zu belassen. Als er sein Lied beendet hatte, ging ich auf ihn zu und deutete auf die Gitarre. »Darf ich mal?«

Er musterte mich. Dann gab er sie mir. Ich an seiner Stelle hätte mein teures Instrument nicht jemand Wildfremdes in die Hände gedrückt, war aber froh, dass er es getan hatte. Ich schlug die Saite an, die mein Gehör gestört hatte; justierte den entsprechenden Wirbel, bis der Ton stimmte und mir das Gelbgrün zusagte.

»Jetzt ist es besser.« Ich drückte ihm die Gitarre wieder in die Hand.

»Ich höre keinen Unterschied.«

»Das macht nichts.« Ich wollte weitergehen, da ließ der Musiker einen sauberen Schwall Farbe von den Saiten regnen. Wunderschön.

»Hey, hast du einen Wunsch? Ich spiel dir ein Lied.«

Ich zögerte, doch ein Fünkchen Rebellentum loderte in mir auf, das dem Tag etwas Gutes abtrotzen wollte. »Überrasch mich.«

Er zögerte keine Sekunde und begann zu spielen. Ich erkannte das Lied sofort. *Ode to my Family. Ausgerechnet.*

Trotzdem, ich war gefangen. Ich genoss die Magie, die sich in einem Strom aus Farben um mich entfaltete, bis mich die Sehnsucht einholte. Ich wollte es. Ich wollte es so sehr. Noten zu Papier bringen. Tasten unter den Fingern spüren. Klänge in Farben verwandeln.

Nein! Nie wieder. Das liegt hinter mir.

Plötzlich war es unerträglich. Nur weg hier. Ich fingerte blind in meinem Portemonnaie. Ein 20-Euro-Schein landete im Gitarrenkoffer. Der Sänger verbeugte sich tief.

Ich entfernte mich und versuchte, nicht den Anschein zu erwecken, dass ich vor irgendetwas davonlief.

Aber genau das tust du.

Ich zählte die Kastanienbäume am Straßenrand, um mich abzulenken. Vierundzwanzig. Dann stand ich vor einer Reihe Altbauten. Der Eingang mit der Nummer 76 war meiner.

Einer Tonleiter gleich führten mich die singenden Holzstufen bis in den dritten Stock hinauf. Ich schloss die Wohnungstür auf, ließ die Tasche im Flur fallen, ging durch das Dunkel direkt ins Schlafzimmer und verkroch mich unter der Bettdecke. Durch die Vorhänge sickerte ein Spaltbreit Licht. Es war zu hell. Ich drehte mich auf den Bauch und vergrub das Gesicht im Kissen.

Das Telefon klingelte. Grünes C, lilafarbenes E, das G in Rotorange. C-Dur. Blechern, aber einigermaßen erträglich. Ich ließ es klingeln. Die Leere in mir, in der die Töne widerhallten, wuchs. Es tat weh.

Die tiefe Stimme, die sich über das Kaminfeuer erhebt, erzählt abenteuerliche Geschichten. In der wärmenden Umarmung von Feuer und Decke flüstert sie beruhigende Worte, die alle Schatten der Nacht vertreiben. Seine Stimme als Zentrum meiner Welt.

Hör auf damit, ermahnte ich mich. Es war lange her und würde nie wieder so sein. Nicht, nachdem er alles kaputtgemacht hatte.

Ich stand auf, kniete mich vor das Bett und zog den Karton hervor. Wollte ich das wirklich tun? Ja. Ich war längst über den Punkt hinaus, an dem ich hätte widerstehen können.

Ich trug die Box ins Wohnzimmer und stellte sie auf den Couchtisch. Der Pappkarton starrte mich an. Er forderte mich zum Duell. »*Wagst du es heute?*«

Ich setzte mich auf das Sofa, griff mit beiden Händen nach dem Deckel und hob ihn an. Die Schachtel atmete ein. Sog mich auf. Und entließ die Schwere der Vergangenheit ins Wohnzimmer.

Ich schluckte. Das Foto lag oben. Es war schon ganz abgegriffen. Ich fuhr mit den Fingern über Stephans Gesicht und wünschte mir, statt Fotopapier seine Haut zu spüren. Wie jedes Mal, wenn ich mein jüngeres Ich in seinen Armen sah, so glücklich, begannen meine Augen zu brennen und die Leere in mir wich einer betäubenden Traurigkeit.

Ich legte das Foto zur Seite und hob die feingliedrige Kette heraus. Betrachtete das silberne Medaillon mit dem eingravierten Notenschlüssel, das ich einige Jahre um den

Hals getragen hatte. Es lag schwer in der Hand. Die Kühle auf der Haut weckte weitere Erinnerungen.

Finger, die meinen Hals streifen, als sie mir die Kette umlegen. Atem am Ohr. Sein warmer Körper dicht hinter mir.

Ich öffnete das Medaillon.

»Immer.«

Der eingravierte Takt auf der linken Seite war mir ins Gedächtnis eingebrannt wie kein Zweiter. Meine freie Hand begann von selbst die Töne zu spielen, die zum Leben erwachten und sich zu dieser einen Melodie in Rot, Gelb und Orange zusammensetzten, die einst mein Leben bedeutet hatte.

Ich ließ die Kette fallen, als hätte mich das Metall gebissen. In der Kiste blitzte der Ring, der ein Versprechen an meiner linken Hand gewesen war. Bis vor einem Jahr.

Was machte ich hier? Wieso öffnete ich immer wieder diese Kiste? Ich hatte das doch nicht mehr tun wollen. Der Schmerz traf mich jedes Mal wie am ersten Tag.

Es klopfte. Gleich darauf hörte ich den Schlüssel im Schloss. Das musste Maja sein. Ich ging ihr entgegen und wischte mir mit dem Pulloverärmel über die Augen.

Kaum dass wir uns gegenüberstanden, verschwand ich in ihrer Umarmung und atmete ihren Vanilleduft ein, der Geborgenheit versprach. Sie murmelte beruhigende Worte, die ich nicht verstand. Dann ließ sie mich los.

»Ich hatte es befürchtet«, sagte sie.

Ich ertrug ihren resignierten Blick nicht. Also ging ich ins Wohnzimmer zurück und ließ mich aufs Sofa fallen. Maja folgte mir, erfasste die Situation und packte entschlossen die Kiste zur Seite. Ihre Beine steckten in einer Jeans, die mit bunten Handabdrücken übersät war. Heute war im Kindergarten wohl Fingerfarbetag gewesen. Doch nicht einmal das konnte mich aufheitern.

»Was ist passiert?« Sie sah mich so eindringlich an, wie nur Maja es konnte. Ihre Lockenpracht umrahmte ihr rundes Gesicht wie ungebändigte Flammen.

»Weißt du, welcher Tag heute ist?«, fragte ich.

Maja seufzte und setzte sich neben mich. »Natürlich.« Sie wischte sich eine widerspenstige Locke aus dem Gesicht, die gleich an ihren Platz zurücksprang. »Ich hatte gehofft, dass du mich nicht anrufen würdest.«

Sie hatte gehofft, dass ich endlich stark genug wäre.

»Ich hatte mir vorgenommen, es nicht zu tun. Aber dann sind all diese Dinge passiert.« Ich lehnte mich zurück und ließ den Kopf auf die Rückenlehne des Sofas sinken. Maja berührte meine Hand. Wir rutschten näher zusammen.

»Erzählst du es mir?« Es war eine vorsichtige Frage, mit der sie gleichzeitig um Erlaubnis bat, sie stellen zu dürfen.

»In der Post war die *Musik heute.*«

»Und sie haben über deinen Vater geschrieben?«

Ich nickte. »Dann war da dieser Typ. Er hat sich als Cembalo-Lehrer beworben.« Wenn ich mich auf die Wärme von Maja neben mir konzentrierte, würde es mir vielleicht gelingen, die Fassung zu bewahren. »Und dann hat Frau Gerlach mich gebeten, als Cembalo-Lehrerin zu arbeiten.«

Maja schwieg. Die Stille war so vollkommen, dass ich fast den Staub im Zimmer herumwirbeln hören konnte.

Wir saßen einfach da und ich war erleichtert, nicht allein zu sein.

»Was machen wir nur mit dir?« So resigniert hatte sie noch nie geklungen.

»Ich weiß es nicht. Es wird einfach nicht besser.«

Majas Augen, die sonst irgendwo in der Mitte einer großen Sekunde von C bis D schimmerten, waren dunkler als sonst.

»Kit, ich weiß nicht, was ich noch tun kann.«

Ich versuchte, zu lächeln. Für meine beste Freundin. »Du tust doch schon alles. Du bist immer für mich da.«

»Aber es genügt nicht. Es ändert sich nichts.«

Plötzlich hatte ich das Gefühl, dass sie mir etwas sagen wollte, was mir nicht gefallen würde. Mir graute es vor dem Moment, in dem sie die Worte finden würde.

»Ich glaube, du versuchst es nicht richtig«, sagte sie schließlich. »Du änderst nichts.«

Das saß. Ich rutschte ein Stück von ihr weg.

»Kit, bitte. Hör mir zu.«

Ich wollte nichts mehr hören. Warum sagte sie mir so was? Sie wusste doch, was geschehen war und wie sehr ich zu kämpfen hatte.

»Du stehst morgens auf, verdienst Geld, gehst einkaufen. Du isst und trinkst und gehst abends schlafen. Aber es ist, als wärst du gar nicht richtig da. Das ist kein Leben. Du musst mit der Vergangenheit abschließen.«

Ich betrachtete meine Hände. »Ich kann nicht.« Ich fuhr mit den Fingern der rechten Hand über den linken Ringfinger. Der nackte Finger fühlte sich noch immer ungewohnt an.

»Hör auf, dich am Unglück festzuklammern.«

Die Worte brannten wie Ohrfeigen. Mein Herz hämmerte. Ich stand auf, um einige Schritte Abstand zwischen uns zu bringen. »Du hast doch keine Ahnung. *Dein* Vater liebt dich.« Ich wurde lauter, als ich wollte. Dass gerade Maja mir jetzt Vorwürfe machte …

»Ich muss nicht in deiner Haut stecken, um zu sehen, dass du dich absichtlich quälst«, sagte sie. »Immer wieder kramst du diese verfluchte Kiste hervor. Oder liest in deinem alten Tagebuch. Und immer dieser Blick zum Anrufbeantworter, wenn du nach Hause kommst, ob er sich vielleicht doch gemeldet hat.«

Hatte ich heute vergessen. Sofort schaute ich zum Telefon. Der Anrufbeantworter blinkte. Ich machte einen Schritt darauf zu. Majas Stimme bremste mich.

»Und du weigerst dich, Cembalo -«

»Wag es nicht!« In diesem Moment bereute ich, sie angerufen zu haben.

Majas Augen formten sich zu engen Schlitzen. »Ich kann auch wieder gehen.«

Wie gern hätte ich »Dann geh halt« gesagt. Aber ich tat es nicht. Alles, was ich wollte, war Trost. Kein Streit.

Das Telefon klingelte erneut. Dankbar für die Ablenkung griff ich nach dem Hörer. Es war meine Mutter. Der Anruf verschaffte mir Zeit.

»Was gibt es denn, Mama? Es passt gerade ganz schlecht.«

Stille am anderen Ende.

»Mama?« Ich hörte sie atmen.

»Es geht um deinen Vater.«

Meine Finger krallten sich um den Hörer. »Weißt du, welcher Tag heute ist?«, fragte ich sie und gab ihr sofort die Antwort. »Heute vor einem Jahr hat Stephan mich wegen ihm verlassen.« Ich schluckte den Kloß im Hals herunter und kniff die Augen zusammen, um das Brennen zu verdrängen, das sich bei den Worten eingestellt hatte.

»Katharine, es tut mir wirklich leid, aber -«

»Nein. Ich will nicht über ihn sprechen. Am allerwenigsten heute.« Was war heute bloß los?

Ein komisches Geräusch kam aus dem Telefonhörer. Ich hörte es ganz deutlich. Meine Mutter weinte. Das war neu.

»Dein Vater hatte einen Herzinfarkt. Er ist gerade gestorben.«

Diludium

Es war lange niemand mehr in Winters Weiher gewesen. Manchmal fragte Raffael sich, warum die Familie Camino das Haus nicht verkaufte, wenn sie es eh nicht nutzte.

Auf der anderen Seite sorgte es dafür, dass es sich fast so anfühlte, als ob Winters Weiher ihm gehörte. Nicht dass er es gewagt hätte, in das Herrenhaus zu ziehen. Das hätte sich falsch angefühlt. Doch seit er nach dem Tod seiner Mutter ihre Aufgaben übernommen hatte, das Herrenhaus instand zu halten, verbrachte er einen Teil seiner Freizeit dort. Nach dem Putzen machte er es sich häufig im Wohnzimmer vor dem Kamin gemütlich. Er dachte dann gern an die Tage zurück, die er früher hier verbracht hatte. Tage voller Geschichten von Herrn Camino und dem Duft von Kuchen, der durchs Haus strömte. Unzählige Stunden im hohen Gras, gefüllt mit Katharines Erzählungen von Farben, die sie sehen konnte, wenn ihr Vater ihr zu Hause am Cembalo vorspielte.

Wie plötzlich das alles vorbei gewesen war.

Ein paar Jahre lang hatte er gehofft, dass es nur eine Phase war. Dass sie irgendwann wiederkommen würden. Dass er Katharine wiedersehen würde. Doch je älter er wurde, umso mehr war seine Hoffnung geschwunden und die Erinnerung verblasst.

Es war viel zu lange niemand mehr in Winters Weiher gewesen. Bis heute.

C in Grün

An der Wand krabbelte eine Fliege. Es herrschte Totenstille. Mein Kopf war leer gefegt.

»Katharine? Bist du noch da?«

Ich nahm das Telefon vom Ohr und beendete die Verbindung. Eine Zeit lang starrte ich auf das Display, auf dem das blinkende Symbol eines Briefes verkündete, dass ich einen oder mehrere Anrufe verpasst hatte. War das meine Mutter gewesen? Dann stellte ich das Telefon in die Station zurück.

»Ist alles in Ordnung?«

Ich erschrak. Für einen Augenblick hatte ich vergessen, dass ich nicht allein war.

»Mein Vater ist gestorben«, sagte ich.

Maja zeigte keine sichtbare Reaktion. Weder Entsetzen noch Mitleid. Ich liebte sie dafür.

»Was ist passiert?«

Die Fliege hielt inne, ein dunkler Fleck auf hellem Grund. Angeblich vergaßen Fliegen nach einer Sekunde, was vor einer Sekunde geschehen war. Ob es das Leben leichter machte?

»Kit?«

»Herzinfarkt.«

»Oh.«

»Sie hat geweint.« Ich schüttelte den Kopf, um Mutters Schluchzen aus dem Ohr zu bekommen.

»Willst du zu ihr fahren?«

»Nein.« Bei der Vorstellung, mein Elternhaus zu betreten, bildete sich ein harter Klumpen in meinem Magen, der sich schmerzhaft zusammenzog. Ich wollte nicht darüber nachdenken. Die goldenen Kugeln von Omas Drehpendeluhr drehten sich ohne Unterlass. Hin und her.

»Wie geht es dir?«, fragte Maja.

Hin und her. Ich zuckte mit den Schultern. Jedes Gefühl tröpfelte aus meinem Körper. Mir wurde kalt. Und die Kälte brannte. Vor allem in den Augen. Ich trat ans Fenster. Über den Asphalt tanzte totes Laub.

Ich wollte den Blick nie wieder von den Blättern wenden, die wild durcheinander stoben, obwohl sie leblos waren.

»Es ist in Ordnung, um ihn zu trauern«, sagte Maja.

»Dass er tot ist, ändert nichts.«

Ein Auto fuhr unter dem Fenster vorbei. Schoss durch das bunte Treiben und hinterließ die Kastanienblätter matschig und platt auf dem Asphalt.

»Möchtest du, dass ich dich allein lasse?«

Ich nickte.

Maja seufzte und ging Richtung Haustür. »Ruf mich an, wenn du etwas brauchst. Ich bin für dich da.«

Normalerweise umarmten wir uns zum Abschied. Doch die Vorstellung, jetzt in den Arm genommen zu werden, war unerträglich. Maja blieb an der Tür stehen und gab mir einen Moment Zeit, es mir anders zu überlegen. Ich rührte mich nicht.

Maja zog die Tür ins Schloss.

♪ ♪ ♪

Der Anrufbeantworter blinkte immer noch. Obwohl er stumm in G blitzte, hatte ich das Gefühl, angebrüllt zu werden.

Ich drückte auf *Play* und sank neben der Kommode zu Boden. Der Apparat erwachte mit einem Knacken zum Leben.

»Katharine? Bitte ruf mich an. Dein Vater ist im Krankenhaus.«

Selbst der blecherne Klang des Anrufbeantworters änderte nichts daran, dass ich die Sorge meiner Mutter aus jedem Wort heraushörte. Nach einer Pause sprang das Gerät zu einer weiteren Nachricht.

»Warum gehst du nicht an dein Handy? Du musst sofort ins Krankenhaus kommen.«

Panisch. Hysterisch. So hatte ich sie noch nie erlebt. Von ihrer üblichen stoischen Gelassenheit war nichts übrig. Der AB sprang erneut weiter.

»Es ist wirklich dringend. Wenn du dich nicht bald meldest, ist es vielleicht zu spät.«

Ohne dass ich es wollte, erschütterte mich diese Nachricht am meisten. Ich sah Mutters ängstliches Gesicht vor mir. Sie hatte mich überzeugen wollen, ins Krankenhaus zu kommen, damit ich mich verabschieden konnte.

Ein schaler Geschmack breitete sich in meinem Mund aus, als ich mir vorstellte, wie Mutter Stunde um Stunde gewartet hatte – allein – und sich gefragt hatte, ob ich kommen würde.

Wäre ich gekommen? Wenn ich sie direkt nach der Arbeit zurückgerufen hätte, wäre vielleicht noch Zeit gewesen.

Der Anrufbeantworter hatte aufgehört zu blinken. Es lohnte sich nicht, darüber nachzudenken. Es würde nichts ändern. Ich drückte den zweiten Knopf auf dem Gerät und ein schrilles Gis verkündete, dass alle Nachrichten gelöscht waren.

Ich wollte nichts mit Vater zu tun haben. Das hatte ich mehr als deutlich gemacht. Es war heute nicht anders als gestern und am Tag davor. Mein Leben würde ganz genauso weitergehen wie die letzten dreihundertfünfundsechzig Tage.

♪ ♪ ♪

Hatte ich geschlafen? Ich wusste es nicht. Es war eine dieser Nächte, in denen man unzählige Male auf die Uhr guckt, während der Morgen immer ein Stückchen näher rückt. Und dann klingelt der Wecker in tageslichtgoldenem A.

Ich fühlte mich wie gerädert und war versucht, liegen zu bleiben. Mutters Stimme hallte mir noch durch den Kopf. »*Dein Vater hatte einen Herzinfarkt.*«

Er war gestorben und die Welt hatte aufgehört, sich zu drehen. Die Welt, die sich immer um ihn gedreht hatte. Ob ich es wollte oder nicht. Der abrupte Stopp brachte mich ins Schleudern und das ärgerte mich. Nichts würde sich dadurch ändern. Also stand ich auf. Ich würde mich davon nicht aus dem Tritt bringen lassen. Alles, was ich brauchte, war meine alltägliche Monotonie.

Duschen, Haare föhnen, anziehen. Eins nach dem anderen. Nach einer Dreiviertelstunde verließ ich die Wohnung. So wie jeden Tag.

Die kühle Morgenluft unter trübem Himmel ließ erahnen, dass die dunkle Jahreszeit nicht mehr fern war. Aus der Backstube wehte der Duft nach frischen Brötchen. Mein Magen knurrte. Wenigstens darauf war Verlass.

Wenig später kam ich mit meinem Frühstück in der Tasche an der Musikschule an.

Die morgendliche Stille erwartete mich. Beinahe gespenstisch nahm sie jede Nacht den Altbau in ihren Besitz. Sie würde nach und nach dem Papiergeraschel und dem Klappern meiner Tastatur weichen, bis mit den Lehrern auch die Gespräche Einzug hielten. Die Musik würde folgen.

Ich starrte auf die Musikräume, die seit meinem ersten Arbeitstag vor zwei Monaten nichts von ihrer Strahlkraft verloren hatten.

Natürlich war es anstrengend, hier zu arbeiten. Besonders an langen Tagen, an denen mehrere Musikstunden gleichzeitig stattfanden. Wenn mein Kopf überreizt war von den vielen Farben und alles in mir danach verlangte, dass bitte nur einmal jemand die Töne auf den Hertz genau treffen möge.

Doch es gab auch die besonderen Momente. Wenn engagierte Musikliebhaber auf dem Konzertflügel ganze Farbteppiche webten. So wie ich, als ich klein gewesen war. Dann fühlte es sich an, als wäre ich wieder mittendrin. In der Magie.

Und trotzdem stand ich jeden Morgen im Flur und musste mich erst überwinden, um der Anziehungskraft der Musikzimmer zu entfliehen. Die morgendliche Routine in der Küche half dabei: Fenster öffnen, um die abgestandene Luft zu vertreiben und einen Hauch von Lavendel aus dem Blumenkasten hereinzulassen. Danach Kaffee aufsetzen. Zuletzt die Bewirtungsvorräte prüfen, von denen – bis auf Milch – noch genügend vorhanden war.

Der Duft des frisch gebrühten Kaffees breitete sich in der Küche aus. Ich schloss die Augen, um das Röstaroma zu genießen, das so viel besser roch, als es mir schmeckte. Zu bitter. Zu herb.

Dieser ungestörte Moment gehörte mir. Die Routine erdete mich. Es war alles in Ordnung. Es ging mir gut. Oder?

Ich ging zum Briefkasten und holte die Tageszeitung und einen Stapel Prospekte herein. Die Werbung glitt mir aus den Händen, als ich die Titelseite der Zeitung sah: *»Herzinfarkt! Star-Cembalist Nestor Camino (46) tot!«*

Mein Puls beschleunigte sich. Wenn es in der Zeitung stand, würde mich heute jeder darauf ansprechen, der es gelesen hatte. So viel zu meinem Plan, mich im Alltag zu verlieren. Ich musste hier weg. Und zwar schnell. Bevor die anderen kamen.

Ich zwang mich, ruhig zu bleiben, und sammelte die Prospekte auf. Gerade als ich den ganzen Stapel auf dem Schreibtisch abgelegt hatte und nach meinen Sachen griff, wurde die Eingangstür geöffnet. Ich erstarrte.

»Frau Camino? Was machen Sie denn hier?« Frau Gerlachs sonst so selbstsichere Haltung bröckelte.

Sie wusste es. Natürlich wusste sie es. Ich krallte mich an der Schreibtischkante fest.

»Ich habe es heute morgen in der Zeitung gelesen«, sagte sie.

Ich wollte ihr sagen, dass sie den Mund halten solle, doch meine Zunge klebte am Gaumen. Trocken wie Schleifpapier.

»Wollen Sie sich nicht ein paar Tage freinehmen?«

»Mir geht es gut«, krächzte ich, obwohl mir alles andere als gut war und ich gerade noch genau das vorgehabt hatte. Mein Magen krampfte sich zusammen.

»Ihr Vater ist gestorben. Es geht Ihnen nicht gut. Gehen Sie nach Hause.«

Ein Teil von mir wurde zornig darüber, dass Frau Gerlach zu wissen glaubte, wie ich mich fühlte. Doch der größere Teil wollte einfach nur die Gelegenheit ergreifen, nach Hause zu gehen, sich ins Bett zu legen und für die nächste Zeit nicht mehr aufzustehen.

»Die Milch ist alle«, sagte ich und griff nach meiner Handtasche.

»Nehmen Sie Urlaub, Frau Camino. Oder lassen Sie

sich krankschreiben. Melden Sie sich nächste Woche und dann sehen wir weiter.«

Ich ging an Frau Gerlach vorbei. Sie folgte mir, wie um sich zu vergewissern, dass ich wirklich ging. Die Tür klemmte. Wollte sie mich einsperren oder vor der Welt bewahren? Ich drückte mit meiner Schulter gegen das Holz. Die Tür gab nach und schwang auf. Der Himmel war eine verhangene Symphonie, bei der die Farben ineinander verliefen und ihre Strahlkraft verloren. Als hätte er sich vorgenommen, mein Innenleben widerzuspiegeln.

»Frau Camino, mein aufrichtiges Beileid.«

Ich ließ die Tür hinter mir ins Schloss fallen.

♪ ♪ ♪

Ich spürte Blicke auf mir. Die Passanten tuschelten. Über mich. Natürlich. Sie wussten alle, wer ich war. So fühlte es sich zumindest an. Fehlte nur noch, dass die Presse vor dem Haus rumlungerte.

Ich war erleichtert, als ich die Haustür hinter mir zuzog und die farbblasse Welt aussperrte. Doch ich hatte mich zu früh gefreut. Im Hausflur kam mir die ältere Dame entgegen, deren Haar mich an weißes Rauschen erinnerte. Durch die bauklotzdicken Brillengläser wirkten ihre Augen unnatürlich riesig.

»Fräulein Camino, wie schön, dass ich Sie treffe. Sonst hätte ich später noch bei Ihnen geklingelt.« Ihre Stimme zitterte genauso wie die Hand, mit der sie sich auf dem

Gehstock abstützte. »Ich wollte mich erkundigen, wie es Ihnen geht.«

Ich beherrschte mich, die alte Dame nicht unwirsch anzufahren. Sie meinte es sicher gut. »Danke. Ich komme zurecht.«

Als hätte sie meine Antwort nicht gehört, plapperte sie weiter. »Es ist ein schreckliches Unglück. Es tut mir aufrichtig leid. Wie geht es Ihrer Frau Mutter?«

Meine Geduld ließ nach. »Nicht gut«, sagte ich.

»Natürlich nicht«, stimmte mir meine Nachbarin zu, als würde sie meine Mutter kennen. »Ihr Vater war noch so jung. Konnten Sie sich von ihm verabschieden?«

Meine Fingernägel bohrten sich in die Handflächen. Ich wollte das nicht hören, doch sie redete weiter.

»Ich stelle mir das ganz furchtbar vor. Als mein Heribert gestorben ist, habe ich seine Hand bis zum bitteren Ende gehalten. Wissen Sie schon, wann die Beerdigung sein wird? Ach, was rede ich, nach so kurzer Zeit haben Sie sicher ganz andere Dinge im Kopf. Er fehlt Ihnen sicher sehr.«

Vor meinen Augen verschwamm der Flur, die Stimme der Nachbarin dröhnte immer lauter in meinem Kopf. *Das reicht!* Ich stützte mich an der Wand ab. »Bitte lassen Sie mich in Ruhe«, sagte ich.

»Natürlich, verzeihen Sie. Ich wollte nicht aufdringlich sein. Herrn Camino zu verlieren, ist für uns alle ein großer Verlust. Wenn Sie jemanden zum Reden brauchen, klingeln Sie einfach.«

Ich schleppte mich in die Wohnung und ließ die Tür zukrachen. Alle erwarteten, dass ich trauerte über diesen unerwarteten Verlust. Über den Verlust eines großartigen

Menschen, der nicht nur mein Vater, sondern auch Künstler, Genie und Wohltäter gewesen war. Niemand hatte erkannt, wie er wirklich war. Dass sie lediglich eine Fassade anbeteten, die Mutter für ihn geschaffen hatte. *Ich könnte kotzen!*

Irgendwie musste ich der Wut Raum geben. Plötzlich hielt ich den gläsernen Aschenbecher, in dem ich normalerweise die Schlüssel aufbewahrte, in der Hand. Er war schwer. Und einladend.

Es knallte und der Flurspiegel zersprang. Wie silberner Regen stoben Splitter und Scherben auseinander und fielen zu Boden. Sie reflektierten das Licht der Deckenlampe und schufen einen glitzernden Regenbogen. So zerstört und doch wunderschön.

Ich sank zu Boden, wurde eins mit den Scherben. Sie schnitten in meine Handflächen. Es war ein schwacher Schmerz, verglichen mit dem Reißen in meiner Brust.

Irgendwann hallten Schritte durchs Treppenhaus, der Schlüssel klickte im Schloss. Zwei kräftige Hände zogen mich auf die Beine. Vertrauter Vanilleduft.

Plötzlich war ich im Wohnzimmer, während Maja im Flur die Scherben zusammenfegte. Wieder einen Moment später drückte sie mir eine Tasse Tee in die Hände.

»Er hat nie angerufen.«

»Wer? Stephan?«

Ich schüttelte den Kopf. »Mein Vater. Ich hatte gehofft …« Meine Stimme brach. Ich schluckte und setzte erneut an: »Wenn ich ihm gefehlt hätte, dann hätte er sich doch gemeldet. Oder?«

»Du hast ihm gesagt, dass du nichts mehr mit ihm zu tun haben willst.«

»Als ob ihn je interessiert hätte, was ich möchte.«

Maja zog mich in ihre Arme.

»Er ist tot«, sagte ich. Es klang falsch in meinen Ohren.

»Ich weiß.«

»Was soll ich jetzt tun?«

»Du könntest zur Beerdigung gehen und dich verabschieden.«

Ich dachte darüber nach. Dann kam die Erinnerung an einen anderen Abschied, der mir nicht vergönnt gewesen war. Nur eine Textnachricht hatte Stephan mir geschickt. Und Vater hatte darüber höhnisch gelacht. Nein, ich würde nicht zu seiner Beerdigung gehen.

»Ich habe mich bereits verabschiedet.«

♪ ♪ ♪

»Ich werde nicht mitkommen.« Es fiel mir leicht, Mutter am Telefon abzublocken, denn ich musste nicht in ihre traurigen Augen sehen. Ihr Seufzen versuchte ich zu überhören.

»Ich verstehe ja, dass du dich aus den Vorbereitungen rausgehalten hast. Aber ich hatte gehofft, dass du mich begleiten würdest.«

»Mama, ich möchte nicht. Ich habe Kopfschmerzen. Ich werde mich jetzt hinlegen.«

»Soll ich vorbeikommen?«

»Nein. Ich komme zurecht.«

Wir legten auf und es wurde wieder still. Ich hatte befürchtet, dass sie mich stärker bedrängen würde. Aber ich würde mich auf keinen Fall an Vaters Grab stellen.

Ich überlegte, ob ich mich wieder schlafen legen sollte. Auch diesen Tag an mir vorbeiziehen lassen. Andererseits, vermutlich würde ich mich doch nur hin und her wälzen. Wie immer.

Nach Dusche und Frühstück wusste ich nicht, was ich tun sollte. Die Arbeit fehlte mir, aber Frau Gerlach hatte darauf bestanden, dass ich erst nach der Beerdigung wiederkommen sollte.

Morgen wieder. Nur noch ein Tag.

Ich beobachtete das Pendel der Uhr. Normalerweise beruhigte es mich. Heute jedoch verdeutlichte es, wie die Zeit dahinkroch.

Es klopfte an der Tür. Das würde doch nicht …

»Hallo Mama.« Seufzend trat ich auf der Türschwelle zur Seite und ließ sie hinein.

Sie blieb im Flur stehen und sah sich um. Seitdem ich sie das letzte Mal gesehen hatte, hatten sich neue Falten in ihr Gesicht gegraben. Die Wangen waren schmal und das Lächeln, das sie mir sonst schenkte, kaum vorhanden. War sie immer schon so klein und zierlich gewesen? Das stille Kostüm erdrückte sie von allen Seiten. Früher war Mutter ein eleganter Panther gewesen. Heute glich sie einem streunenden Hund.

»Katharine, willst du nicht doch mitkommen?«

In meinem Inneren zog sich alles zusammen, gleichzeitig straffte ich die Schultern zu einer wirksamen Fassade. Ich konnte mir nicht vorstellen, auch nur einen Fuß in seine Nähe zu setzen. Ganz gleich, ob tot oder lebendig. Ganz gleich, was Mutter sagte.

»Du solltest dich verabschieden«, sagte sie.

»Ich muss mich nicht von jemandem verabschieden, der für mich schon vor Ewigkeiten gestorben ist.«

Mutter runzelte vorwurfsvoll die Stirn. »Er ist immer noch dein Vater.«

»Nein, ist er nicht. Schon lange nicht mehr.«

»Und ich? Bin ich noch deine Mutter?«

Ich zögerte. Sie hatte keine Ahnung. Und genau das war das Problem.

Eine Träne rollte ihr über die Wange. Sie wischte sie sofort weg, doch es versetzte mir einen Stich. Ich seufzte und nahm sie in die Arme.

»Kannst du mir nicht den Gefallen tun und mitkommen? Es würde mir viel bedeuten«, sagte sie.

Ich ließ sie los und wich einen Schritt zurück. »Nein, Mama, ich kann das nicht.«

»Aber denk doch mal nach, wie das aussieht. Was sollen die Leute denken? Willst du, dass die Presse anfängt zu spekulieren?«

»Du hast die Presse eingeladen?«

»Natürlich. Dein Vater war eine Person von öffentlichem Interesse.«

»Ich soll also die trauernde Tochter heucheln.«

»Katharine, es reicht. Es wird Zeit, dass du erwachsen wirst und begreifst, dass dir niemand etwas Böses will.«

Die Erinnerungen, die durch meinen Kopf schossen, sprachen eine andere Sprache. Ich war wieder gefangen im Musikzimmer. In Dunkelheit eingesperrt mit einem

Monster, das mir wehtun würde, wenn ich es nicht mit den richtigen Farben fütterte.

Mutter redete immer weiter. »Dein Vater wollte immer nur das Beste für dich.«

Ich hielt es nicht mehr aus. Die Worte fielen mir aus dem Mund: »Das Beste wäre gewesen, wenn er den Unfall nicht überlebt hätte.«

Ich sah es nicht kommen. Die Ohrfeige brannte wie Feuer.

»Katharine, ich –«

»Du solltest jetzt gehen, wenn du nicht zu spät kommen willst.«

Mutter ging zur Tür. Dort blieb sie stehen und sah mich noch einmal an. »Die Trauerfeier beginnt um zwei. In der alten Kapelle. Überleg es dir. Ich möchte nicht, dass du es irgendwann bereust.«

Ich sah ihr nach, wie sie die Treppen hinabstieg. Komplett in Trauer gehüllt. Hoffentlich würde dieser Tag bald zu Ende gehen.

Ich war wieder allein mit mir und meinen Gedanken. Die antike Uhr, deren Pendel sich unter der Glaskuppel drehte, schlug zu jeder vollen Stunde ein zweigestrichenes C, das grün funkelte. Und meine Wange brannte genau dort, wo mich Mutters Hand getroffen hatte.

Sie hatte es geschafft. Ein winziger Zweifel rumorte in meinem Magen. Würde ich es irgendwann bereuen?

Ich hasste es, dass sie mich zum Zweifeln brachte. Dabei wäre es angebrachter, wenn sie bei sich anfinge, ihr Handeln zu hinterfragen. Da gäbe es eine Menge zu bereuen. Die Ohrfeige zum Beispiel. Und dass sie nie da gewesen war, wenn Vater mich gequält hatte.

Es war mir unbegreiflich, wie jemand so blind sein konnte. Ich war mir ziemlich sicher, dass sie bis heute keine Ahnung hatte, was hinter den verschlossenen Türen alles geschehen war. Vielleicht wollte sie es auch nicht wissen. Sie hatte nie gefragt und ich hatte es ihr nie erzählt. Nicht, seit sie mir gesagt hatte, ich solle mich benehmen, wenn Vater mich unterrichtete.

Als es zwei Uhr schlug, hielt ich den Atem an. Jetzt würde sich die Trauergemeinde – die mit Sicherheit größer war als angemessen – erheben und ein erstes, trauriges Lied anstimmen.

Ich spürte eine Mischung aus einer drückenden Leere, die mich darauf stieß, dass mein Leben farbloser geworden war, und der Unsicherheit darüber, wie es weitergehen würde.

Und Sehnsucht.

Eine Hand, die das aufgeschlagene Knie wäscht. Ein Strom warmer Luft, der die Schmerzen wegpustet. Ein Pflaster mit bunten Teddys drauf. Eine tröstende Hand im Haar.

Ich wollte diese Erinnerungen nicht. Sie waren eine Lüge angesichts dessen, was gefolgt war.

Ein falscher Ton. Das Lineal saust durch die Luft. Ein neuer Striemen auf dem Handrücken.

Jahrelang hatte mein Vater mich gequält. Eingesperrt und mit seiner Vorstellung von Unterricht mein Leben zur Hölle gemacht. Dabei hätte niemand besser wissen können als er, wie schnell Synästhesie von Wohltat zu Qual umschlägt. Immerhin hatte ich es von ihm geerbt.

Ob er es jemals bereut hatte?

Nein, ich hatte keinen Grund, mich an sein Grab zu stellen oder in eine Kapelle zu setzen, in der Menschen sinnlose Reden hielten, die meinen Vater nicht gekannt hatten. Voll von bedeutungsschwangeren Worten, die sein Leben bunt und schillernd wiedergaben und die sein Leiden und den Verlust eines Genies und Wohltäters betonten.

Trotzdem konnte ich nicht aufhören, darüber nachzudenken. Mein Kopf spuckte immer neue Gedanken aus. Ob sich die Leute fragten, wo die einzige Tochter des Star-Cembalisten am Tag seiner Beerdigung war, so wie Mutter es angedeutet hatte? Vermutlich gab es viele Mutmaßungen, während man Rosen und Sand auf den Sarg warf. Aber keine würde auch nur ansatzweise der Wahrheit nahekommen. Sie kamen ja nicht einmal auf die Idee, dass ihr Gieren nach Informationen unangemessen war. Allein die Vorstellung, vor aller Welt Abschied zu nehmen, bereitete mir Übelkeit. Ein Grund mehr, mich nicht blicken zu lassen.

Doch auf meine Uhr zu starren und darauf zu warten, dass es vorbei war, war nicht besser. Ich hatte Erleichterung erwartet. Jetzt, nach diesem Schlussstrich. Nie mehr die quälende Hoffnung fühlen müssen, ob er sich irgendwann melden würde. Eine Hoffnung, die ich nie hatte abtöten können, so sehr ich es versucht hatte. Es nutzte nichts, es länger zu leugnen und mich zu belügen.

Stattdessen sah ich dabei zu, wie ein schwerer, stiller Vorhang zwischen mir und meiner Vergangenheit zugezogen wurde, der es unmöglich machte, Antworten zu finden. Daran hätte sich aber wohl kaum was geändert, wenn ich hingegangen wäre.

Wirklich alles sprach dagegen. Vor allem das Verhalten meiner Eltern. Beide hatten nicht im Geringsten erkennen lassen, dass sie irgendetwas bereuten. Egal wie sehr ich mir wünschte, dass es anders wäre. Somit hatte auch ich nichts zu bereuen.

Der Zweifel, den Mutter gesät hatte, verkümmerte. Es war gut, dass ich nicht gegangen war.

H in Gelbgrün

Fünf Wochen nach Vaters Tod trug Mutter immer noch Trauer. Da jeder ihrer öffentlichen Auftritte wohlbedacht war, glaubte ich nicht, dass sie es aus Überzeugung tat. Sie sah genauso trist aus wie der Plattenbau, vor dem sie auf mich wartete. Wie passend, das Nachlassgericht in solch einem Gebäude unterzubringen.

Ich strich die Falten meines bunten Mantels glatt. Einige Dinge hatte ich mir sehr wohl von ihr abgeguckt.

Wir hatten uns seit dem Tag der Beerdigung nicht mehr gesehen oder gesprochen. Ich wusste nicht, wie ich mich verhalten sollte.

»Hallo Mama.« Ich hätte es am liebsten dabei belassen, doch ich konnte das »Wie geht es dir?« nicht aufhalten. Es fühlte sich seltsam an.

Ihr Blick ging in die Ferne. »Ich fühle mich einsam.«

Ich war mir unsicher, ob sie sich damit auf Vaters Tod bezog oder ob sie mir einen ihrer versteckten Vorwürfe machte.

Ich schluckte alles, was mir auf der Zunge lag, herunter, bevor ich mir wieder eine einfing. Stattdessen wandte ich mich dem Nachlassgericht zu. Der Schatten, den das Gebäude warf, war wie eine düstere Vorahnung.

Ich hatte kein Interesse daran, zu erfahren, was mein Vater mir hinterlassen hatte. Leider muss man ein Erbe persönlich ausschlagen. Hoffentlich würde die Angelegenheit schnell gehen.

Ich straffte mich. »Lass uns reingehen.«

Mutter überraschte mich und ging vor. Sie hielt sich kerzengerade, die Schultern nach hinten durchgedrückt, den Kopf hoch erhoben. In der Öffentlichkeit war sie schon immer eine gute Schauspielerin gewesen.

Die Frau am Empfang hatte offenbar genauso wenig Lust, hier zu sein, wie ich. Auf Mutters Begrüßung und Nennung unseres Anliegens grummelte sie: »Raum 12, erster Stock. Warten Sie, bis Sie reingebeten werden.«

Vielen Dank auch. Im Gegensatz zu meinen Gedanken klang Mutters Antwort aufrichtig freundlich.

Die Polster der Stühle in der Warteecke waren kratzig und durchgesessen. Ich versuchte, eine bequeme Sitzposition zu finden, doch die Unruhe, die sich mit dem Schreiben vom Nachlassgericht bei mir eingestellt hatte, ließ mich alle paar Sekunden eine neue Position suchen.

»Katharine?«

Ich ignorierte sie.

»Ich hab dich noch nicht gefragt. Ich war mir nicht sicher, ob …« Sie stockte. »Wie geht es dir?«

Ohne zu zögern, sagte ich: »Mir geht es gut.« Ein Reflex, den ich mir in den letzten Wochen antrainiert hatte. »Ich möchte es nur schnell hinter mich bringen.«

Und mich nicht mehr als nötig unterhalten. Ihre Ohrfeige brannte immer noch auf meiner Wange.

Mutter hatte offenbar andere Pläne. »Ich habe dich vermisst. Auf der Beerdigung«, sagte sie.

Ich zuckte mit den Schultern. Ich hatte bereits alles dazu gesagt.

»Es war schwer. All die Kondolenzen entgegennehmen, Hände schütteln und dabei die Fassung bewahren.«

»Du hast es dir selbst so ausgesucht«, sagte ich und sah überall hin, nur nicht zu Mutter.

»Es wäre schön gewesen, nicht allein zu sein.«

Ich verschränkte die Arme vor der Brust. »Du warst nicht allein.«

»Aber du warst nicht da.«

Ich hatte keine Lust mehr auf ihre Versuche, mir ein schlechtes Gewissen zu machen. »Ich glaube nicht, dass eine Ohrfeige der richtige Weg ist, jemanden zu überzeugen, ihn zu einer Beerdigung zu begleiten.«

Mutter schlug die Augen nieder. Eine ganze Weile sagte sie nichts und ich dachte schon, sie hätte aufgegeben. Da flüsterte sie: »Es tut mir leid.«

Ich wusste nicht, was ich sagen sollte. Meine Mutter entschuldigte sich nie. Die Stille, die sich ausbreitete, war unangenehm.

Plötzlich fuhr Mutter fort: »Wenn ich gewusst hätte, wo du arbeitest, hätte ich dich vielleicht rechtzeitig erreicht.«

»Was?« Der Themenwechsel überraschte mich.

»Ich bin deine Mutter und weiß nichts über dein Leben.«

»Es ist nicht deine Schuld«, sagte ich.

Wir wussten beide, dass es eine leere Floskel war.

»Aber ich habe es so weit kommen lassen.«

Das stimmt. Das hast du. Und ich nahm es ihr übel. Jetzt, wo Vater tot war und der Schatten seiner Handlungen nicht alles andere verdunkelte. Aber es war so viel leichter, über andere Dinge zu reden.

»Ich arbeite in der Musikschule«, sagte ich.

Mutter sah überrascht aus, doch bevor sie etwas sagen konnte, fuhr ich fort: »Als Sekretärin.«

Sie wechselte das Thema. »Ich habe angefangen, seine Sachen durchzugehen. Da ist eine ganze Kiste mit -«

»Ich will sie nicht.«

»Aber -«

Bevor sie weiter nachbohren konnte, öffnete sich die Tür und erlöste mich. Ein hochgewachsener, drahtiger Mann, dessen dunkles Haar an den Schläfen ergraute, bat uns herein. Sein Händedruck war kurz und kräftig. Als er mich mit »Frau Camino« ansprach, ebenso wie Mutter, vibrierte seine tiefe Stimme in meinem Kopf.

»Bitte, setzen Sie sich.« Er deutete auf zwei Stühle, die seinem Schreibtisch gegenüberstanden. »Zunächst einmal möchte ich Ihnen mein aufrichtiges Beileid aussprechen. Es ist tragisch, einen geliebten Menschen so weit vor der Zeit zu verlieren.«

Ich wette, das sagt er jedes Mal.

Mutter faltete ihre perfekt manikürten Hände über ihrer Handtasche und verschränkte ihre Fußknöchel hintereinander. Mit leiser, aber bestimmter Stimme bedankte sie sich. Was für ein Schauspiel. Kein Wunder, dass die Leute ihr das Geld für die ganzen Stiftungen förmlich hinterherwarfen.

»Herr Camino hat über seinen Notar ein Testament

hinterlegt, das wir eröffnet haben. Als Familienangehörige gehören Sie natürlich zum Kreis der Erben.«

Die Zeit verflüchtigte sich mit der Aufnahme unserer Personalien und der Aufteilung von Vermögen auf die verschiedenen Stiftungen, die meine Eltern gegründet hatten. Nichts, was mich betraf oder interessierte. Bis Mutter mich direkt ansprach.

»Katharine. Wir könnten jetzt mit dir weitermachen.«

»Ich will nichts.«

Mutter runzelte die Stirn. »Hör es dir doch erst mal an.«

»Also gut.« Ich klang so genervt, wie ich war. Und ich wusste, dass ich unausstehlich war. Schade, dass ich nichts von Mutters Talent geerbt hatte.

Ein düsterer Ausdruck huschte über das Gesicht des Beamten. »Ihnen, Frau Katharine Camino und Tochter des Verstorbenen Nestor Camino, hinterlässt dieser das Landhaus Winters Weiher inklusive sämtlichen dort befindlichen Inventars.«

Ich war mir nicht sicher, ob ich richtig gehört hatte. Atmen. Blinzeln. Zu mehr war ich in dem Moment nicht in der Lage.

»Katharine?«

»Winters Weiher?«

Kaminfeuerabende mit Märchenbüchern und Gute-Nacht-Liedern. Blumenduft und Sternenlicht. Glück.

Vergangene Momente aus einem anderen Leben.

»Die Einliegerwohnung ist an Herrn Raffael Kuhn vermietet«, fuhr der Beamte fort. »Der Verstorbene hat verfügt, dass Herrn Kuhn Mietfreiheit gewährt wird, solange er sich um Reinigung und Instandhaltung des Anwesens kümmert.«

An Winters Weiher hatte ich seit Ewigkeiten nicht gedacht. Auch nicht an Raffael, den Jungen mit der Zahnlücke, der mir die tollsten Verstecke im Wald gezeigt hatte. Wie es ihm wohl ging? Was mochte er sich gedacht haben, als wir plötzlich nicht mehr nach Winters Weiher gekommen waren? Seltsam, dass ausgerechnet er in Vaters Testament Erwähnung fand.

»Wollen Sie das Erbe antreten?«

Ich war mir deutlich der Blicke des Beamten und meiner Mutter bewusst. Erwartungsvoll erdrückend.

Ich hatte nichts gewollt außer meinem Frieden und jetzt das. *Was soll ich nur tun?*

Lass es sein, flüsterte eine Stimme. *Du wolltest nichts mehr mit ihm zu tun haben. Jede Verbindung lösen.*

Doch da war auch Sehnsucht nach dem Ort, an dem Farben nur tanzen, wenn sie gerufen werden. Ein sicherer Hafen. Ein Refugium vor allem, was nach dem Unfall passiert war. Eine Zeitreise zurück in die Vergangenheit.

»In Ordnung, ich nehme es.«

Mutter griff meine Hand und drückte sie. Als ob sie mir sagen wollte, dass ich das gut gemacht hatte. Wie früher, nur dass sie mir da über den Kopf gestrichen hatte.

Der Papierkram zog an mir vorbei, weil mich die Sehnsucht gepackt hatte und mich der Wirklichkeit entrückte. Sehnsucht nach Wind und Sonne, nach verwinkelten Räumen, nach dem Gefühl, barfuß im Gras zu laufen, und nach der Zufriedenheit vor dem Einschlafen.

Doch kaum, dass ich meine Unterschrift getätigt hatte, überkam mich eine lähmende Angst. Genau wie damals,

als Vater hinter mir gestanden und mich beobachtet hatte, immer darauf wartend, dass ich mich verspielte.

Was war in mich gefahren? Das war nicht der Plan gewesen. Ich hatte gehofft, endlich frei zu sein. Stattdessen hatte er mich wieder einmal nach seinem Willen tanzen lassen. Wie einen Bären im Zirkus.

Ich hatte einen Fehler gemacht.

♪ ♪ ♪

Vor mir lag der Schlüsselbund, der Türen öffnete, von denen ich nicht wusste, ob ich hindurchgehen wollte. Maja saß auf dem Sofa und schaute verwirrt zwischen mir und dem Schlüssel hin und her, während ich einen sicheren Abstand hielt. Nicht, dass er mich noch mehr verhexte.

»Ich glaube, ich habe einen Fehler gemacht«, sagte ich.

»Du hast eine Bank ausgeraubt und die Beute in einem Schließfach versteckt? Lass sie uns holen, ich bin dabei.«

»Haha, sehr witzig. Ich habe Winters Weiher geerbt.«

»Ist nicht wahr. Euren Palast draußen im Wald?« Sie griff nach dem Schlüsselbund. »Wie cool ist das denn?«

»Ich wollte doch nichts haben.«

»Aber es ist Winters Weiher.«

Ich verstand Majas Euphorie. Ich wünschte mir, sie teilen zu können. Stattdessen erdrückten mich nagende Zweifel. »Warum wollte er, dass ich es bekomme?«

»Na weil er wusste, wie sehr du dieses Haus liebst.«

Das genügte nicht. Es erklärte nichts. »Er wusste auch, wie sehr er mich mit seinen Musikstunden quält, und es war nicht Grund genug, es sein zu lassen«, sagte ich.

»Du hast dort so viele tolle Dinge erlebt. Freu dich doch einfach.«

»Das sagst du so leicht. Seit Jahren hinterfrage ich alles, was er getan hat. Ich kann nicht mehr *nicht* hinterfragen, warum er etwas tut.«

»Aber was nutzt es dir? Du wirst keine Antwort mehr bekommen.«

»Ich möchte einfach nichts haben, was mich an ihn erinnert.«

Maja hob eine Augenbraue.

Ich verschränkte die Arme vor der Brust, woraufhin Maja die Luft ausstieß. »Dann verkauf es.«

»Ich weiß nicht …«

Maja grinste. »Siehst du. Du willst es gar nicht weggeben.«

»Trotzdem. Es fühlt sich an, als ob er gewonnen hat, weil er wieder seinen Willen durchsetzen konnte.«

»Geht es dir darum? Wer länger stur bleiben kann?« Sie warf den Schlüssel auf den Tisch.

»Meinst du, ich hätte nachgeben sollen? Einfach so tun, als ob nichts passiert ist?«

»Das habe ich nicht gesagt. Aber du hättest das Gespräch suchen können, anstatt darauf zu warten, dass dein Vater zu dir kommt.«

»Aber ich habe nichts falsch gemacht.«

»Du bist genauso stur wie er. Nimm einfach das Haus und hak das Thema ab.«

Wir starrten uns an. Ich wusste nicht, ob ich wütend sein oder mich ohrfeigen sollte. Ich hätte wissen müssen, dass Maja so reagieren würde.

Ich atmete tief durch und startete einen neuen Anlauf. Immerhin hatte ich sie extra um Hilfe gebeten. »Kannst du mich bitte ernst nehmen? Ich weiß nicht, was ich tun soll.«

Sie musterte mich eindringlich. »In Ordnung. Was ist dein Problem mit Winters Weiher?«

»Ich will es einfach nicht.«

»Gut, dann kann ich den hier ja im Klo runterspülen.« Maja griff nach dem Schlüssel und sprang auf.

»Was? Gib den wieder her.« Ich lief ihr hinterher, doch Maja war schneller.

»Wieso denn? Du willst es doch gar nicht, hast du gesagt.« Sie schlug die Badezimmertür zu und schloss ab.

»Lass das, Maja. Komm da raus.« Ich hämmerte gegen die Tür.

Doch Maja reagierte nicht. Stattdessen hörte ich die Klospülung rauschen. Tränen schossen mir in die Augen. »Spinnst du? Was soll das?«

Maja öffnete die Tür und grinste. »Wusste ich es doch. Und jetzt sag mir, wovor du Angst hast.« Sie hielt die Schlüssel hoch und ließ sie klimpern. Gelbgrüne Farbsprenkel. Wie das Gras in Winters Weiher, wenn die Sommersonne den Boden austrocknete.

»Du blöde Kuh.« Ich schubste sie und sie schubste mich grinsend zurück.

Wir gingen wieder ins Wohnzimmer und setzten uns aufs Sofa. Der Schlüssel in meiner Hand war warm.

»Ich glaube, ich habe Angst, dass es sich nicht mehr so anfühlt wie früher«, sagte ich.

In meiner Erinnerung war Winters Weiher ein Ort, an dem ich mich sicher gefühlt hatte. Geborgen und geliebt. An dem mein Vater noch mein Papa gewesen war. Ich musste es nicht aussprechen, damit Maja mich verstand.

Mir wurde klar, dass ich fast meiner Angst nachgegeben hatte. Nicht nur der Angst vor der Veränderung. Sondern auch der Angst davor, Dinge aufzuwühlen, die ich hinter mir lassen wollte.

»Du hast mir mal gesagt, dass Winters Weiher dein Zuhause ist«, sagte Maja. »So hast du dein Elternhaus seit Jahren nicht genannt und diese Wohnung noch nie.« Sie lächelte. »Geh nach Hause. Jeder Mensch braucht eins.«

♪ ♪ ♪

Zwei Tage nach dem Gespräch mit Maja hatte ich mich so weit organisiert, dass ich zwei Koffer die Treppen nach unten und in den Kofferraum meines Autos hievte, um hinaus aufs Land zu fahren.

Obwohl es zehn Jahre her war, seit ich das letzte Mal in Winters Weiher gewesen war, hätte ich den Weg im Schlaf finden können. Die Schatten der Bäume glitten über mich hinweg und wechselten sich mit Feldern hellen Lichtes ab. Zum Stadtrand hin wurden die aneinandergereihten Altbauten seltener und machten modernen Einfamilienhäusern Platz.

Mein Elternhaus war nicht weit entfernt. Nur nicht darüber nachdenken. An der nächsten Kreuzung hatte ich mich früher mit Maja für den Schulweg getroffen. Wer zuerst angekommen war, hatte sich auf den Hydranten gestellt und nach der anderen Ausschau gehalten.

Kaum dass ich die Stadtgrenze hinter mir gelassen hatte, wich die Anspannung. Die Landschaft veränderte sich Stück für Stück. War ich zuerst durch eine hügelige Anordnung von Feldern gefahren, kamen nun immer mehr Bäume hinzu und die Bauernhöfe verschwanden. Schließlich war ich von Wald umgeben. Ein paar Hundert Meter weiter drosselte ich die Geschwindigkeit. Ich bog auf den holprigen Waldweg ab, der mich tiefer zwischen die Bäume führte. Die Reifen schleuderten Steinchen empor, die gegen die Karosserie schlugen.

Um mich herum herrschte ein verwunschenes Zwielicht. In wenigen Augenblicken würde es sich mit den Baumreihen lichten und einem Vorhang gleich den Blick auf die Bühne freigeben. Im Kopf hörte ich die *Morgenstimmung* von Grieg. Sie fühlte sich an wie die Aufregung vor einem Konzertbeginn. Sie kitzelte mich aus meinem Dämmerzustand, steigerte sich, bis ich vollkommen elektrisiert war, und im Höhepunkt, dem Crescendo des Stücks, erhob sich Winters Weiher aus den Schatten, gehüllt in das Farbenspiel des tonlosen Konzerts in meinem Kopf.

Ich war hellwach, tauchte in ein Meer von Erinnerungen und spürte das Leben in meinen Adern. Diesen Zauber bildete ich mir nicht ein.

Im Schritttempo kroch ich auf den Eingang zu. Ich hielt neben dem marmornen Brunnen, der von hellen Kieseln umgeben das Zentrum eines ausladenden Wendehammers bildete.

Ich umklammerte das Lenkrad mit beiden Händen und rührte mich nicht. Wovor hatte ich Angst?

Ich schnallte mich ab und griff nach der Tür. Meine Hand zitterte. Ich hielt den Atem an, eine unbewusste Fermate, und öffnete die Tür.

Frische Luft umarmte mich mit Noten von Erde und Tannennadeln. So vertraut. Die Kieselsteine knirschten unter den Füßen.

Endlich war ich zurück. In meinem Zuhause.

♪ ♪ ♪

Wie früher floss das Wasser im Springbrunnen aus den Händen einer steinernen Frauenskulptur. Sie reckte die Arme in die Höhe, sodass es aussah, als ließe sie es regnen. Ich strich mit den Händen über den Brunnenrand.

Als ich auf den Grund des Bodens sah, musste ich lächeln. Dort lagen immer noch die Geldstücke, die ich bei jedem unserer Besuche hineingeworfen hatte. Jede Münze ein Wunsch von mir. Ich tauchte die Hände ins Wasser und fühlte mich lebendig.

Winters Weiher hielt den Atem an.

Ich drehte mich um. Eine breite Treppe mit elegant geschwungenen Steingeländer, deren Stufen sich nach oben verjüngten. Ein Erker, der die tragende Fläche für den Balkon bildete. Bodentiefe Fenster, in denen samtige Vorhänge zu sehen waren, die vor der hellen Fassade kräftig in F leuchteten.

Der Wind rauschte durch die Bäume und wehte mich dem Eingang entgegen. Ich schritt die Treppe hinauf, mit der Hand streifte ich über das Geländer. Es war wie die Kontaktaufnahme mit einer geliebten Person, die ich lange nicht gesehen hatte.

Vor der hölzernen Flügeltür blieb ich stehen. Auf beiden Hälften waren eiserne Türklopfer in Form von Löwenköpfen angebracht. Ich fuhr mit den Fingerspitzen über das kühle Metall, begrüßte die Wächter des Hauses. Dann zog ich den Schlüsselbund aus der Tasche und drehte den Schlüssel im Schloss. Das Geräusch ließ mein Herz schneller schlagen. Ich griff nach beiden Türklinken und drückte die Türhälften gleichzeitig auf.

Warme Luft begrüßte mich, zusammen mit einem Geruch von Staub und alten Büchern. Ich fühlte mich leicht, fast schwebend, als ich über die Schwelle trat und in die Eingangshalle blickte.

Die Treppe, die sich am anderen Ende der Halle in zwei Treppenaufgänge ins obere Geschoss teilte, war immer noch mit dem dicken Teppich verkleidet, den ich nie mit Schuhen hatte betreten dürfen. Es war alles noch so, wie ich es in Erinnerung hatte.

Ich lauschte in die Stille, die von leisen Cembaloklängen durchbrochen wurde. *Unmöglich!*

Ich starrte den Kronleuchter an der Decke an, auf der Suche nach einer anderen Erklärung, doch die kristallenen Tropfen rührten sich nicht.

Farben begannen in meinem Sichtfeld zu tanzen,

zogen mich in ihren wirbelnden Reigen. Direkt in Vaters Arme.

Das kann nicht sein! Alles in mir verkrampfte sich. Ich begann zu schwitzen. Mein Körper machte sich bereit zur Flucht. Und doch zogen mich die silbrigen Klänge magisch an. War es echt? Oder wurde ich wahnsinnig?

Er kann es nicht sein. Er ist tot!

Ich wollte weglaufen. Fliehen. Der Konfrontation aus dem Weg gehen. Und gleichzeitig wollte ich eine Erklärung. Antworten. Eine Umarmung …

Voller Angst schob ich mich zur Wohnzimmertür. Die Musik wurde mit jedem Schritt klarer. Genauso wie das Farbenspiel, das nach meinem Vater aussah, auch wenn mir die Komposition unbekannt war.

Nur das Blau … Das Blau stimmte nicht.

Meine Kehle, die Lippen, alles wurde trocken. Was war hier los? Ich drückte die Klinke nach unten. Die Tür schwang auf. Ich erstarrte.

Die Melodie schlug mir wie eine Wand entgegen. Ein dichter Farbteppich umfing mich, hielt mich gefangen.

Obwohl der Raum von der hoch stehenden Sonne aufgeheizt worden war, wurde mir eiskalt. Die Kälte kroch von den Fingerspitzen immer tiefer in meinen Körper.

Das Licht, das jedes Staubkorn glasklar in der Luft schwebend beleuchtete, fiel direkt auf das Instrument, das ich so lange gemieden hatte. Von dem ich gedacht hatte, dass es in meinem Elternhaus stünde. Zerstört.

Vor mir stand Vaters Cembalo. Der Mittelpunkt meiner schlimmsten Erinnerungen.

Im grellen Mittagslicht nahm es immer mehr Platz ein und richtete sich drohend über mir auf. Alles in mir spannte sich bis zum Zerreißen an. Eine Berührung und ich würde zerspringen.

Jemand war tief in sein Spiel versunken, hatte die Augen geschlossen. Er kam mir bekannt vor.

Es war Raffael.

E in Violett

Mir wurde schlecht. Ich hatte mit allem gerechnet, aber nicht damit, dass mich dieses verfluchte Instrument auch nach Vaters Tod heimsuchen würde. Der Raum versank in einem Wirbel aus längst verklungenen Farben und der Melodie, die äußerst real von den Saiten des Cembalos perlte. In meinem Körper pochte es. Ich musste hier raus.

Ich drehte mich um und floh. Die Lichtung hinter dem Haus flog unter meinen Füßen hinweg, bis der Wind in den Ohren rauschte und die Melodie erstickte. Immer weiter durch das Gras, dem herbstlichen Zwielicht im Schatten der Bäume entgegen. Laufen und atmen. Moos, der Duft eines frisch vergangenen Regenschauers.

Ich zwängte mich auf einem schmalen Trampelpfad durch das Geäst. Es zerrte an meiner Kleidung, kratzte über die Hände. Als ich hindurch war, blickte ich direkt auf den Weiher, dem das Herrenhaus seinen Namen verdankte. Unter der glitzernden Wasseroberfläche bewegten sich Schatten, träge und ziellos.

Nach einigen tiefen Atemzügen beruhigte sich mein Puls und auch das Hämmern im Kopf ließ nach. Vom Cembalo war nichts mehr zu hören.

Ich setzte mich auf die von Moos überzogene Bank und schloss die Augen. Ohne die Geräusche der Zivilisation fühlte ich mich von Stille umgeben, obwohl der Wald voll von Leben war. Im Unterholz knackte und raschelte es. Das Zwitschern der Vögel ließ einen Hauch von Farbe vorbeiziehen.

»Katharine?«

Ich erschrak. Einige Schritte entfernt stand Raffael.

Alle Gedanken, die angesichts des unerwarteten Empfangs im Herrenhaus vor Schreck erstarrt waren, tobten nun als Wirbelsturm durch meinen Kopf. Zu viele, als dass ich auch nur einen greifen und in Worte fassen konnte. Oder wollte. Es war zu viel.

Ich sprang auf. »Das Auto. Ich hab es nicht abgeschlossen.«

Vielleicht hatte ich mich zu schnell bewegt, vielleicht war ich vom Laufen noch kurzatmig. Auf jeden Fall wurde mir schwummrig und ich schwankte.

Sofort war Raffael an meiner Seite. Er packte meinen Arm und drückte mich zurück auf die Bank. »Hol erst mal Luft. Und vergiss das Auto. So eine Knutschkugel klaut doch niemand.« In seiner Stimme schwang ein Augenzwinkern mit, das mich beruhigte.

Ich zwang mich, tief durchzuatmen, schob alle Fragen beiseite und konzentrierte mich auf den Mann, der sich neben mich gesetzt hatte.

Er hatte sich verändert. Natürlich. Das runde Gesicht hatte markante Züge bekommen. Er trug Dreitagebart. Die Haare saßen so perfekt wie in einem Modemagazin.

Vor mir saß ein Fremder. Doch dann lächelte er und

wir waren wieder zehn Jahre alt. Dieses Lächeln würde ich immer wiedererkennen.

»Hast du gerade mein Auto beleidigt?«, fragte ich und Raffael lachte.

»Es ist lila«, sagte er.

»Violett«, korrigierte ich ihn. »Du glaubst gar nicht, wie schwer es ist, ein Auto zu finden, dessen Farbe die perfekte Visualisierung seines entsprechenden Tons ist.«

Wir starrten uns an und fingen gleichzeitig an zu lachen.

»Ich hätte nie gedacht, dass wir bei unserem Wiedersehen über abstruse Verkaufsargumente für Autos sprechen würden«, sagte Raffael.

»Ich hatte mir die Begrüßung auch deutlich anders vorgestellt.«

Raffaels Lächeln wurde breiter und plötzlich nahm er mich in die Arme. Wie von selbst erwiderte ich die Umarmung. Er roch nach Holz und Erde.

»So vielleicht? Schön, dass du wieder hier bist. Es ist viel zu lange her.«

Zehn Jahre. Das letzte Mal waren wir an meinem zehnten Geburtstag hier gewesen. »Erinnerst du dich noch an die Nacht im Baumhaus?«, fragte ich.

»Na klar, die beste Einweihungsparty, zu der ich je eingeladen war. Wir waren die ganze Nacht wach.«

»Weil du nach meinen Gruselgeschichten nicht schlafen konntest.«

»Ach was, das lag nur am Zuckerschock von den ganzen Süßigkeiten.«

Schon bei dem Gedanken daran bekam ich wieder

Bauchschmerzen. »Gibt es das Baumhaus denn noch?«, fragte ich.

»Es ist erwachsen geworden, genau wie wir.«

»Muss ich das verstehen?«

»Wirst du schon noch.« Raffael grinste und legte mir einen Arm um die Schulter. »Mann, ich kann nicht glauben, dass du wirklich hier bist. Du hast mir gefehlt.«

Seine unbeschwerte Freude fühlte sich gut an. Befreiend. Und ein wenig überrascht von mir selbst merkte ich, dass er mir auch gefehlt hatte.

♪ ♪ ♪

Wir gingen zurück und Raffael half mir, die beiden Koffer ins Haus zu tragen.

»Es tut mir übrigens sehr leid, dass dein Vater gestorben ist«, sagte er und hielt mir die Tür auf.

Natürlich wusste er davon. Jeder wusste es. Aber ich hatte keine Lust, dass selbst hier sich alles um meinen Vater drehte. So schwer er es mir auch machte. Ein unangenehmer Schauer lief mir über den Rücken, als ich an das Cembalo im Wohnzimmer dachte.

Ich stellte den Koffer in der Eingangshalle ab und wechselte das Thema. »Bis vor ein paar Tagen hätte ich nicht geglaubt, jemals wieder herzukommen.«

»Was hat dich davon abgehalten?«

»Das Leben.« Ich drehte mich einmal um mich selbst

und saugte die vertraute Umgebung in mich auf. »Aber jetzt bin ich wieder hier. Ich hab Winters Weiher geerbt und mit ein wenig Überzeugungsarbeit meiner besten Freundin beschlossen, eine Zeit lang hier zu wohnen.«

»Das heißt, dann bist du meine neue Vermieterin?«

»Jetzt, wo du es sagst … Die bin ich. Also solltest du dich lieber gut mit mir stellen.«

Er lachte. »Das sollte kein Problem sein. Immerhin bist du kein grimmiger alter Mann.«

Mein ganzer Körper verkrampfte. Mit einem Schlag war die entspannte Stimmung zwischen uns verschwunden. »Ich glaube, ich muss erst mal ankommen. Danke für deine Hilfe«, sagte ich und wich seinem Blick aus.

»Okay, dann lass ich dich mal auspacken. Ich hol nur schnell meine Sachen.« Er ging an mir vorbei ins Wohnzimmer und kam mit einer Mappe zurück, wie ich sie früher für meine Noten benutzt hatte.

Er zögerte. »Katharine?«

»Kit«, erwiderte ich automatisch.

»Oh, okay. Ich wollte nur sagen: Schön, dass du wieder da bist.« Er wartete, als ob er auf eine Antwort hoffte.

Ich rang mir ein unverbindliches Lächeln ab. »Find ich auch«, sagte ich. Dann endlich ließ Raffael mich allein.

Eine kalte Faust drückte mein Herz zusammen und die Lungen gleich mit. Eine Weile stand ich in der Eingangshalle und wusste nicht, was ich tun sollte.

Das Cembalo lauerte in meinem Rücken wie ein wildes Tier. Drohend. Kopfschmerzen, Übelkeit und brennende Handrücken nach einer viel zu langen Sitzung inmitten von Farben und Tönen.

Konnte ich hierbleiben? Ja, das konnte ich. Als ich hier angekommen war, hatte ich das Gefühl gehabt, ein Stück von mir selbst wiederzufinden. Das würde ich mir nicht nehmen lassen. Nicht von meinem Vater.

Ich packte die Koffer und ging die Treppe hoch zu meinem Zimmer. Mit jedem Schritt, den ich darauf zutat, verblasste der lauernde Schatten im Erdgeschoss. An der Tür hing das mittlerweile vergilbte Papier, auf dem ich vor Ewigkeiten in verschnörkelter Schrift meinen Namen gemalt hatte. Ich tauchte in die Welt meiner Kindheit ein und der Schatten verschwand.

Es hatte sich nichts verändert. Der Boden war mit dem dicken, plüschigen Teppich ausgelegt. An der Zimmerdecke glänzten die Stuckverzierungen mit dem Lüster um die Wette. Die Tapete an den Wänden schimmerte wie Mamas Perlen. »Wie die Haut von Elfen«, hatte ich früher gesagt.

Die Möbel waren alle mit Tüchern abgedeckt worden. Der Raum war unbewohnt und verlassen. Es war stickig. Doch nicht mehr lang. Mit Schwung riss ich die Vorhänge zur Seite und öffnete das Flügelfenster. Die Herbstluft und das Sonnenlicht weckten den Raum aus seinem Dornröschenschlaf. Es war an der Zeit, ihn zurückzuerobern.

Mit einem Ruck zog ich das erste Tuch vom Kleiderschrank. Ich öffnete ihn. Natürlich war er leer. Doch vor meinen Augen sah ich die vollbehängte Kleiderstange mit meinen Jacken und Kleidern, zwischen denen ich mich gern versteckt hatte, weil Raffael mich dort nie gefunden hatte.

Der Ohrensessel begrüßte mich mit einer samtigen Umarmung. Am Schminktisch mit den kitschigen Verzierungen lächelte ich meinem älter gewordenen Spiegelbild zu. Erst jetzt wurde mir klar, wie sehr ich das alles vermisst hatte.

Zufrieden betrachtete ich mein Werk und warf mich schließlich auf das Himmelbett. Um das glänzende Gestänge wanden sich die gleichen schweren Vorhänge wie vor dem Fenster. Vom Himmel blitzten mir Sterne aus Alufolie entgegen. Ich sah meinen Vater vor mir, wie er in mühsamer Handarbeit unzählige Sterne ausschnitt. Wie er fluchte, wenn er wieder aus Versehen einen durchriss.

»Du musst mir nicht so viele Sterne machen«, hatte ich gesagt. Doch er hatte gelächelt und weitergemacht.

»Ich möchte dir den Himmel schenken und der kann gar nicht genug Sterne haben.«

Ich schluckte, als ich daran dachte, wie geliebt ich mich gefühlt hatte, als Vater an diesem Abend neben mir im Bett gelegen und von Sternen und Planeten gesprochen hatte, von denen ich nie zuvor gehört hatte.

Mich verließ jede Kraft und die Tränen liefen über. Mit angezogenen Beinen blieb ich liegen und wartete darauf, dass es dunkel wurde.

Ein Klopfen an der Tür riss mich aus meinem Dämmerzustand. Ob das Raffael war? Es war mir unangenehm, wie wir vorhin auseinandergegangen waren, aber die Aussicht auf Ablenkung munterte mich augenblicklich auf. Hoffentlich sah ich nicht ganz so fertig aus.

Ich lief zur Haustür und öffnete. Direkt auf meiner Augenhöhe hielt Raffael mir ein Paket Nudeln entgegen.

»Wir essen jetzt zusammen. Du hast bestimmt noch nichts im Haus. Und dann schaffen wir den Elefanten im Raum beiseite.«

»Woher weißt du, dass er sich durch Nudeln vertreiben lässt?«

»Hallo? Nudeln helfen immer. Weiß doch jeder.«

»Na dann, aber du kochst.«

♪ ♪ ♪

Zwischen Geschichten aus unserer Kindheit, die sich so vertraut anfühlten wie der *Danse Macabre* von Camille Saint-Saëns, kochte uns das Wasser über und verloren wir die Zeit aus den Augen.

»Ich habe nie gesagt, dass ich *gut* kochen kann«, sagte Raffael, als er unsere Teller befüllte.

»Du hast die Nudeln fast in ihre Einzelbestandteile zerkocht.«

Er lachte. »Wer hat denn den Wecker auf neun Stunden statt auf neun Minuten gestellt? Du wolltest wohl mehr Zeit mit mir verbringen.«

Ich schüttelte den Kopf und grinste, während ich meine Nudeln mit einer großzügigen Portion Pesto vermengte. »Es schmeckt gar nicht so schlecht wie befürchtet«, sagte ich. »Aber das nächste Mal koche ich.«

»Es gibt also ein nächstes Mal?«

»Klar«, sagte ich. »Wir müssen zehn Jahre aufholen.«

Es war, als ob zwei Personen vor mir säßen. Der Raffael von früher, der mir vertraut und nah war, obwohl wir uns so lange nicht gesehen hatten. Und der Mann, der er geworden war und über den ich praktisch nichts wusste, weil die Zeit in den letzten Jahren nicht stillgestanden hatte.

»Lebt deine Mutter auch noch hier?«, fragte ich.

Raffaels Lächeln wurde schmaler. »Sie ist vor zwei Jahren gestorben.«

Für einen Moment wusste ich nicht, was ich tun sollte. Ich schämte mich, dass ich in den vergangenen Jahren keinen einzigen Gedanken an Raffael und seine Mutter verschwendet hatte, obwohl wir als Kinder so viel Zeit miteinander verbracht hatten. Ich konnte mich nicht einmal an ihr Gesicht erinnern. Dafür lag mir plötzlich der Geschmack ihrer selbst gebackenen Kekse auf der Zunge: Schoko-Orange.

Mein Herz stolperte weiter. »Das tut mir leid.«

»Danke«, sagte Raffael.

So einfach war das. Danke. Warum hatte ich das nicht über die Lippen gebracht, als mir jeder sein Beileid aufgezwungen hatte? Eine Floskel, die mir einige unangenehme Momente erspart hätte.

Ich rammte meine Gabel in den Nudelberg.

»Ja, Katharine. Töte sie! Die Nudeln haben es nicht anders verdient.«

Ich konnte nicht anders und lachte. Er hatte es wieder einmal geschafft. Genau wie früher.

»Schön, dass du hier bist«, sagte ich. »Aber bitte nenn mich Kit.«

»Ach ja, entschuldige. Erzählst du mir, wovor du vorhin weggelaufen bist?«

Ich kaute gründlich auf den Nudeln herum, um den Moment hinauszuzögern, in dem ich antworten musste. Ich schluckte und griff nach dem Wasserglas. Mein Kopf war immer noch leer.

»Du musst es mir nicht sagen. Nur, wenn ich etwas falsch gemacht habe …«

»Nein, das ist es nicht. Ich war nur überrascht. Wieso steht das Cembalo hier?«

»Dein Vater hat es irgendwann mal hergebracht. Ist das schlimm?«

»Es weckt unangenehme Erinnerungen. Ich spiele deshalb auch nicht mehr.«

»Oh, wie schade. Du hast früher immer so begeistert davon erzählt.«

Wie von selbst erklang die mir unbekannte Melodie wieder in meinem Kopf. Ich versuchte, sie beiseitezuschieben. Ich wollte nicht über das Cembalo nachdenken. Doch es wurmte mich, dass ich das Stück nicht kannte. Das war neu für mich.

»Ich wusste gar nicht, dass du spielst«, sagte ich und überraschte mich selbst.

»Tue ich auch nicht. Nur so zwei, drei Lieder.«

»Dafür war das ziemlich gut, was du vorhin gespielt hast. Was war das für ein Stück?«

Raffael wollte gerade antworten, da vibrierte mein Handy. Es war Maja. Ich stand auf und entfernte mich ein Stück, bevor ich das Gespräch annahm. »Hey Maja.«

»Du untreue Tomate! Du wolltest dich melden, wenn du da bist, und mir Bilder schicken.«

»Ups, ich war ein wenig abgelenkt.«

»Und wovon?«

»Können wir das wann anders besprechen? Ich bin noch beim Essen.«

»Na klar, wie wäre es mit morgen? Ich wollte eigentlich nur Bescheid geben, dass ich zum Frühstück vorbeikomme.«

Ich lachte. »Super, wenn du alles mitbringst? Ich hab noch nichts im Haus. Außer etwas, was mal Nudeln waren.«

»Hä?«

»Erzähl ich dir morgen.«

Ich ging zurück in die Küche und setzte mich wieder zu Raffael an den Tisch. »Wo waren wir?«

»Du hast mich in den Himmel gelobt, was für ein begnadeter Cembalist ich bin.«

»Ich glaube, du brauchst ein Hörgerät.«

»Ah Mist, hab ich wieder nicht richtig zugehört. Na ja, vielleicht bringst du mir einfach was Neues bei, damit ich besser werde?«

»Nein!« Sofort bremste ich mich. »Tut mir leid. Ich kann nicht.«

»Es hängt damit zusammen, warum du nicht mehr spielst.« Es war eine Feststellung und ich nickte nur. »Was ist passiert?«

Ich überlegte, wie viel ich ihm verraten wollte, und beschloss, bei dem Teil der Wahrheit zu bleiben, für den ich Vater nicht erwähnen musste. »Du weißt, dass ich Synästhetikerin bin?«

»Äh, was bist du?«

»Synästhetikerin. Wenn ich Musik höre, sehe ich Farben«, sagte ich.

»Ach so, ja. Ich wusste nur nicht, dass es dafür einen Namen gibt. Aber du hast früher viel von den Farben geredet.«

»Ich musste leider lernen, dass die Synästhesie auch weniger schöne Seiten hat. Hab ich dir mal von *Peter und der Wolf* erzählt?«

»Das Märchen, wo jedes Tier ein unterschiedliches Instrument ist?«

»Genau. Es ist eins der meistgespielten Werke klassischer Musik und meine erste bewusste Erinnerung an die Synästhesie.«

»Was ist passiert?«

»Es wurde uns im Kindergarten vorgespielt. Zuerst habe ich einfach nur Farben gesehen. Wie bunte Regentropfen. Es war wunderschön. Doch es wurden immer mehr, immer bunter. Die Musik wurde schneller und lauter.« Ich konnte den Farbstrudel zum Greifen nah vor meinen Augen wirbeln sehen.

»Es wurde dir zu viel?«, fragte Raffael.

»Ich musste abgeholt werden, weil ich mich nicht beruhigen wollte.«

»Hat es wehgetan?«

»Und wie. Es sind so viele Sinneseindrücke. Jeder falsche Ton, jede ungestimmte Nuance ist ein Störsignal, das ich als Farbe und Ton doppelt wahrnehme. Zu viel Musik lässt meinen Schädel platzen.«

»Aber nicht immer, oder? Du hast früher so davon geschwärmt, als gäbe es nichts Schöneres auf der Welt.«

Ich behielt für mich, wie mein Vater später mit dem Cembalo einen Kokon aus schillernden Tönen um mich gewoben hatte, um mir zu zeigen, wie angenehm es sich anfühlen konnte. Wie warm und behütet ich mich gefühlt hatte. Wie verzaubert ich gewesen war.

»Ja, das kann es auch sein«, flüsterte ich. »Aber nur solange es Feuerblau ist, nicht Rauchblau.«

»Feuerblau?« Raffael sah mich überrascht an.

»Ach, nicht so wichtig. Lass uns über was anderes reden.«

Es wirkte erst so, als wolle er noch etwas sagen. Doch stattdessen widmete er sich seiner Nudelpampe.

Den Rest der Mahlzeit verbrachten wir schweigend. Jeder tief in eigenen Gedanken versunken.

♪ ♪ ♪

Der Schlaf wollte nicht kommen. Die Anwesenheit des Cembalos war eine dunkle Präsenz in den Räumen unter mir. Warum hatte Vater das Cembalo hergebracht? War es überhaupt sein Cembalo?

Ich drehte mich hin und her. Lauschte. Ich glaubte, leise Cembaloklänge zu hören. Auch noch, als ich den Kopf unter dem Kissen vergrub. Die Töne waren in meinem Kopf. Genauso wie die Farben. So konnte es nicht weitergehen.

Ich stand auf und ging in den Flur. Eine tiefe Stille lag über dem Haus. Auch von draußen drang kein Geräusch herein. Alles, was ich hörte, waren mein Atmen und die mysteriösen Cembaloklänge. Ich bekam eine Gänsehaut und machte Licht.

Kaum, dass es hell wurde, fühlte ich mich besser und ging nach unten. Zum Wohnzimmer. Es konnte nicht sein, dass die bloße Anwesenheit des Cembalos mich so aus der Bahn warf.

Mein Herz raste und in mir wallte eine Mischung aus Sehnsucht und Hass auf. Ich drückte die Tür auf und tastete nach dem Lichtschalter. Die Klänge waren nicht mehr zu hören. Nur ich, das Cembalo und die Stille.

Ich machte einen tiefen Atemzug und ging ein wenig weiter in den Raum. Das Cembalo stand in der Mitte unter dem Kronleuchter. Das lackierte Holz schimmerte, die barocken Verzierungen glänzten. Es war genauso schön wie früher.

Und so mächtig. Es rief mich zu sich. Alles in mir sträubte sich, dem Cembalo noch näher zu kommen.

Jetzt stell dich nicht so an. Augen zu und durch. Bevor ich es mir anders überlegen konnte, setzte ich mich auf den Hocker und hielt die Luft an. Nichts geschah.

Wie von selbst richtete ich mich kerzengrade auf, doch die Arme hingen wie Blei an mir hinunter. Ich saß nur da und starrte auf die Tasten. Das letzte Mal, als ich vor ihnen gesessen hatte, waren feine Blutspritzer in das Holz gesickert. Es war nichts mehr davon zu sehen. Vielleicht hatte ich mich geirrt und es war doch ein anderes Instrument.

Ich hob die Hände. Ließ sie über den Tasten schweben, ohne sie zu berühren. Ich bewegte die Finger. Malte eine lautlose Melodie, deren Farben sich trotzdem zu einer wirbelnden Farbkomposition vor meinem inneren

Auge zusammensetzten. Wie leicht es wäre, die Finger auf die Tasten zu senken. Der Drang war fast übermächtig. In meinem Kopf tanzten die Farben vergangener Melodien ihren lockenden Reigen.

Ich presste die Hände im Schoß zusammen. Vaters Besessenheit vom Cembalo hatte mich eine unbeschwerte Jugend gekostet. Fast hätte er mir auch das Cembalo für immer verdorben, wenn Stephan nicht gewesen wäre. Doch auch ihn hatte Vater mir genommen. Das konnte ich nicht belohnen, indem ich brav seinem Wunsch entsprechend das nächste Musikgenie mimte und so tat, als sei nie etwas geschehen.

Ich stand auf und ging um das Instrument herum. Ich musste es wissen. An der Stelle, wo in meiner Erinnerung ein Loch im Klangkörper geklafft hatte, war nur unversehrtes Holz zu sehen. Die goldenen Verzierungen waren alle intakt. Sie schimmerten in all ihrer Pracht.

Etwas stimmte nicht.

Ich trat näher und bückte mich, bis ich auf Augenhöhe mit den glänzenden Mustern war. Es waren die einzigen, die so kräftig glänzten. Wie frisch aufgemalt.

Ich wich zurück. Es gab keinen Zweifel mehr. Das musste Vaters Cembalo sein. Er hatte es tatsächlich restaurieren lassen.

In Gedanken war ich plötzlich Jahre zurück. Ich saß neben Vater auf genau diesem Hocker, während er die Finger über die Tasten fliegen ließ und ich ihn anspornte, noch schneller zu spielen. Und dann hob er mich auf seinen Schoß und führte meine Hände. Es waren nur ein paar Töne, doch ich hielt es für Magie.

Nur ein paar Jahre später hatte ich an der gleichen

Stelle gesessen und mich gefürchtet, die falschen Tasten zu spielen.

Das Cembalo musste weg. Sonst würde es mich für immer verfolgen. Und kaum, dass ich im Bett lag, fielen mir die Augen zu. Endlich.

Diludium

Nach Jahren stand plötzlich ein LKW in der Einfahrt. Zwei Möbelpacker luden ein sperriges Etwas aus, während ein Mann ihnen von der Treppe aus zusah. Es musste Herr Camino sein. Wer sonst sollte herkommen?

Raffael beschloss, nachzusehen. Nur um sich zu vergewissern, dass alles mit rechten Dingen zuging. Aus der Nähe erkannte er, dass es sich bei dem sperrigen Etwas um ein Cembalo handelte. Katharine hatte ihm Bilder gezeigt.

»Herr Camino?« Raffael war am Fuß der Treppe angekommen und blickte zu dem Mann empor. Er erschrak. Es war kein Vergleich zu dem Mann von früher, der voller Herzlichkeit und Wärme gewesen war. Sein Blick war genauso leer wie der Hemdsärmel, der um die fehlende Hand schlackerte. Erkannte er ihn überhaupt?

»Hallo Raffael.«

Raffael zögerte. Er wusste nicht, wie er mit der Situation umgehen sollte. Jahrelang hatte er sich vorgestellt, wie es wäre, die Caminos wiederzusehen. Jetzt begriff er, dass es nur die Szenen seiner Kindheit waren, die sich in Dauerschleife abgespielt hatten. Hatte er wirklich geglaubt, dass sich in so vielen Jahren nichts verändern würde?

»Es ist schön, Sie wiederzusehen, Herr Camino.«

»Danke, Raffael. Du entschuldigst mich?« Er wandte sich den Möbelpackern zu, die das Cembalo die Treppe hochtrugen.

Raffael kam sich wie ein kleiner Junge vor, den man zum Spielen nach draußen schickt. So hatte er sich das nicht vorgestellt.

Er sah dabei zu, wie Herr Camino den Möbelpackern mit dem Cembalo ins Haus folgte, und ging in seine Wohnung zurück. Eine Weile später hörte er, wie der LKW davonfuhr.

Wieso hatte er das Cembalo hergebracht? In den Medien hatte es immer wieder geheißen, dass Herr Camino seit seinem Unfall nicht mehr spielte. Nicht mehr spielen konnte. Sich sogar weigerte, zu unterrichten. Er hatte sich vollkommen aus der Öffentlichkeit zurückgezogen.

Merkwürdig.

Plötzlich hörte Raffael etwas. Ein unvertrautes Geräusch. Es kam von nebenan. An sein Wohnzimmer grenzte das Wohnzimmer von Winters Weiher an.

Er lauschte. Alles blieb still. Hatte er sich das eingebildet?

Da war es wieder. War das Musik? Das konnte nicht sein. Oder? Es klang fast so, als ob Herr Camino Cembalo spielte.

Ais in Gelb

Am nächsten Morgen fühlte es sich an, als wäre ich nie weg gewesen. Winters Weiher war vertrautes, wenn auch vermintes Territorium. Immerhin wusste ich, welchen Bereich ich meiden musste. Zumindest bis ich das Cembalo losgeworden war. Ansonsten war ich bereit, mein neues Heim zu erkunden und ihm sämtliche Geheimnisse zu entlocken, die mir früher entgangen waren. Allerdings wartete im Keller schon das erste Hindernis. Kein Licht. *Na toll.* Aber das würde mich nicht aufhalten.

Mit dem spärlichen Licht meines Handys leuchtete ich mir den Weg hinab und sah mich um. Als Kind hatte ich mich nie in den Keller getraut. In meiner Vorstellung hatten in jedem Winkel Spinnen gelauert, die darauf gewartet hatten, mich anzugreifen. Jetzt war es nur ein Keller, in dem Gartengerätschaften und die Waschküche untergebracht waren, ebenso wie eine Reihe von Kartons in einem Regal. Und wo waren die Ersatzglühbirnen? So sehr ich mich bemühte, ich fand keine. Weder im Keller noch im Rest des Hauses.

Ich sah auf die Uhr und überlegte, ob ich an einem Sonntag um neun Uhr bei Raffael klingeln könnte. Kurz darauf ging ich um das Haus herum zum Eingang von Raffaels Wohnung und klingelte. Er öffnete mir mit zerzausten Haaren in Boxershorts und T-Shirt die Tür.

»Oh, habe ich dich geweckt?«, fragte ich.

Es war zwar offensichtlich, trotzdem sagte er: »Nein, nein. Schon gut. Ich hatte nur noch keinen Kaffee.« Dabei gähnte er ungeniert.

»Hast du eine Glühbirne für mich? Das Licht im Keller ist kaputt.«

»Wenn du einen Kaffee für mich hast, wechsel ich dir eben die Lampe aus.«

»Das musst du nicht. Ich brauche nur die Birne. Den Rest schaff ich auch allein.«

»Ach was, lass mich schnell was anderes anziehen. Ich komm gleich rüber.«

Ich spürte, dass es keinen Sinn hatte, zu diskutieren. Also ging ich zurück, ließ die Tür offen und suchte in der Küche nach Kaffee. Tatsächlich war die Kaffeemaschine mit Bohnen befüllt. Wie alt die sein mochten? Konnte Kaffee überhaupt schlecht werden?

Ich beschloss, es darauf ankommen zu lassen, und startete die Maschine. Wenig später kam Raffael in die Küche.

»Ich hatte noch eine Wechselbirne. Die sollte passen.« Er hatte sich eine abgewetzte Jeans und ein T-Shirt übergezogen, auf dem Farbreste klebten. In der einen Hand hielt er eine Glühbirne, in der anderen eine Taschenlampe.

»Dein Heimwerkeroutfit?«

»Ich hab mir sagen lassen, Frauen finden das sexy.«

»Nur wenn der Heimwerker auch weiß, was er tut.«

»Traust du mir so wenig zu?«

»Ich warte mit meinem Urteil, bis ich dich in Aktion erlebt habe.«

»Na dann, folgen Sie mir in den Keller.« Er ging mit der Taschenlampe voran, die deutlich mehr Licht machte als mein Handy. Im Keller drückte er sie mir in die Hand. Während er die Leiter aufbaute, sah ich mich genauer um. Die Kartons sahen lange nicht so staubig aus wie die Waschmaschine. Ich strich zur Probe mit einer Hand über die Pappe. Nichts. Seltsam. Was da wohl drin war?

»Leuchtest du mir mal bitte?« Raffael stand auf der Leiter und wartete darauf, die Birne wechseln zu können.

Widerwillig richtete ich den Lichtkegel auf die Lampe. Kaum dass Raffael die neue in die Fassung gedreht hatte, wurde es hell. Ich legte die Taschenlampe beiseite und öffnete den ersten Karton.

Papier. Unmengen Papier. Mit Linien. Und Noten.

»Hast du was Interessantes gefunden?«, fragte Raffael.

Ich schlug den Deckel zu. Der Presslufthammer in meiner Brust lief auf Hochtouren. »Nur ein Haufen Altpapier.«

»Vielleicht für den Kamin? Funktioniert gut zum Anzünden.«

Wir verließen den Keller und Raffael folgte mir in die Küche, in der es mittlerweile nach Kaffee roch.

»Und? Haben dich meine handwerklichen Qualitäten beeindruckt?«

Ich schenkte Raffael eine Tasse ein und drückte sie ihm in die Hand. Er schloss genüsslich die Augen und atmete tief ein.

»Nichts, was ich nicht auch gekonnt hätte«, sagte ich.

»Das trifft mich. Dabei wollte ich dir doch meine männliche Seite beweisen.«

»Du meinst, nachdem das mit dem Kochen schon nicht so geklappt hat?«

»Ja, ja, reib es in die Wunde.«

Es klopfte an der Tür. Ich liebte Winters Weiher dafür, dass es keine Klingel hatte.

»Kein Wunder, dass du so früh auf bist, wenn du zu dieser Unzeit schon Besuch bekommst«, sagte Raffael.

Wir gingen zur Tür. »Es heißt immerhin Frühstück. Aber ganz so früh hab ich Maja auch nicht erwartet.« Ich öffnete die Tür.

Maja grinste mich an. »Die Schlange beim Bäcker war doch nicht so lang wie befürchtet.« Dann sah sie Raffael. »Oh, du hast schon Besuch? Oder liegt die Betonung auf *noch*?«

Am liebsten hätte ich die Tür zugeschlagen, um der Situation zu entkommen.

»Schön wär's«, sagte Raffael und legte mir einen Arm um die Schulter. »Sie hat mich geweckt, um mich schuften zu lassen.«

»So nennt man das jetzt also.«

Hitze stieg mir ins Gesicht. Das konnte nicht gut enden. »Er hat mir eine Lampe ausgewechselt«, warf ich ein, hatte aber nicht das Gefühl, dass es die Situation verbesserte.

»Wenigstens mit freiem Oberkörper?«, fragte Maja.

Am liebsten wäre ich im Boden versunken.

Raffael lachte jedoch. »Ach, deswegen hat sie mich nicht zum Frühstück eingeladen«, sagte er. »Ich wusste, dass ich was vergessen habe.«

»Ich hab genug Brötchen mitgebracht«, sagte Maja und schob sich an uns vorbei ins Haus.

Halt, was?

Ich wollte protestieren, doch Raffael kam mir zuvor. »Das ist nett, aber sie brennt sicher schon darauf, dir alles von gestern Abend zu erzählen.«

»Gestern?« Maja sah aus wie ein Bär, der den Honig gefunden hatte. Gleich würde sie sich auf mich stürzen.

»Tschüss, Raffael«, sagte ich mit Nachdruck.

»Ohne mich wäre sie gestern verhungert«, sagte er.

»Ja, ja, du bist ein wahrer Held«, sagte ich und schob ihn zur Tür raus.

»Das stimmt nicht. Das würde ich nicht für jede tun.« Raffael grinste mich schelmisch an. »Aber jetzt überlasse ich euch eurem Frühstück und werde zusehen, in meinen entspannten Schlafenszustand zurückzufinden, aus dem ich so rüde wach gerissen wurde.«

»Ey, du hast gesagt, du warst schon wach.«

»Lasst es euch schmecken.«

Ich sah Raffael hinterher, wie er die Stufen hinuntersprang, und schloss dann die Tür.

Maja sah mich breit grinsend an. »Na?«

»Was denn?«

»Dem hast du es ja ganz schön angetan.«

Ich starrte Maja an und wusste nicht, was sie meinte.

»Jetzt sag mir nicht, du hast das nicht gemerkt«, sagte sie. »Er himmelt dich an. Konnte kaum seine Augen von dir lassen.«

Ich nahm Maja die Tüten ab und ging in die Küche. »Ach, Quatsch. Das bildest du dir ein.«

»Gib es ruhig zu. Er gefällt dir.«

»Ich geb hier gar nichts zu. Aber vielleicht hast *du* ja Lust, ihn besser kennenzulernen?«

»Ne, lass mal.« Maja wich meinem Blick aus und war plötzlich damit beschäftigt, ihre Einkäufe auszupacken. Irgendwas war seltsam.

»Ach, warum denn?«, hakte ich nach. »Er ist total nett, hilfsbereit, sieht gut aus. Ich könnte euch bestimmt verkuppeln.«

»Wo wollen wir essen? Im Wohnzimmer?«

»Auf keinen Fall!«

Maja sah mich überrascht an. »Stimmt was nicht damit?«

»Sieh's dir selbst an. Ich bereite hier weiter vor.«

Maja verschwand in Richtung Wohnzimmer. Kurz darauf fluchte sie.

»Okay, ich glaub, ich sehe das Problem«, sagte sie, als sie wieder in die Küche kam.

»Es springt einem ja auch förmlich ins Gesicht.«

Ich war dankbar, dass sie das Thema fallen ließ und wir in Ruhe frühstücken konnten. Sie fragte mich bis ins kleinste Detail über meinen Abend mit Raffael aus, doch ich merkte, dass ich nicht ganz anwesend war. Ein Teil von mir hing am Cembalo fest, in ständiger Habachtstellung vor einem unerwarteten Angriff.

Nach dem Essen gingen wir spazieren. Wind und frische Luft weckten mich auf und holten mich ins Hier und Jetzt zurück. Stattdessen war es Maja, die nicht mehr anwesend schien. Sie hatte die Hände in den Manteltaschen vergraben und blickte stur geradeaus.

»Alles in Ordnung?«, fragte ich.

»Du wusstest nicht, dass es hier ist, oder?«

Sofort war die Anspannung wieder da. »Dann wäre ich ganz bestimmt nicht hier.«

»Und ich hatte gehofft, dass du mal etwas Abstand finden würdest.«

»Das ist wieder typisch mein Vater«, sagte ich und trat gegen ein Stück Holz, das mit einem dumpfen »Plonk« an einem Baumstamm abprallte.

»Was wirst du jetzt tun?«

Ich hatte befürchtet, dass sie das fragen würde. »Es verkaufen«, sagte ich und wappnete mich für den Ansturm der Entrüstung.

Doch Maja sagte nichts. Erst als wir wieder vor dem Haus ankamen. »Vielleicht ist es das Beste.«

»Wer bist du und was hast du mit Maja gemacht?«

Sie zuckte mit den Schultern. »Wozu eine Diskussion darum führen, wenn wir beide wissen, dass du nicht vorhast, mit dir reden zu lassen?«

»Ist es wirklich so schlimm?«

»Sagen wir mal so: Wenn es um deinen Vater und das Cembalo geht, muss man dir nicht mit sowas wie Rationalität kommen.«

Ich wusste, dass sie recht hatte. Das machte es jedoch nicht leichter, die Wahrheit gesagt zu bekommen.

»Weißt du«, fuhr Maja fort, »ich hatte mich total auf das Frühstück gefreut. Aber du warst irgendwie nicht so richtig bei der Sache.«

Mein Magen zog sich zusammen. Natürlich hatte sie es gemerkt. »Tut mir leid. Wollen wir noch mal reingehen? Ich könnte uns noch einen Tee machen.«

»Ich habe wen kennengelernt«, platzte es aus ihr heraus.

»Was?« Ich konnte mich nicht erinnern, dass sie jemals einen Mann erwähnt hatte, den sie auch nur ansatzweise interessant gefunden hätte.

»Ich weiß selbst noch nicht genau, was das eigentlich ist. Wir gehen nächstes Wochenende aus.«

»Und das erzählst du mir erst jetzt? Wie hast du das so lange ausgehalten?« Ich griff nach Majas Hand und zog sie mit mir ins Haus. »Ich will alles wissen.«

Ein breites Grinsen breitete sich auf ihrem Gesicht aus. »Eigentlich gibt es noch nicht so viel zu erzählen«, sagte sie. »Wir haben uns auf der Arbeit kennengelernt.«

»Ist es ein neuer Kollege oder der Vater von einem deiner Schützlinge?«

»Um Himmels willen, weder noch. Er ist nur der Onkel. Wir haben uns ganz nett unterhalten, als er seine Nichte abgeholt hat.«

Wir setzten uns wieder in die Küche und ich schenkte uns was zu trinken ein, während Maja weiter erzählte.

»Ich hab mich zuerst gar nicht gewundert, warum er sie plötzlich immer häufiger abgeholt hat. Bis er mich gefragt hat, ob ich mit ihm essen gehen möchte.«

»Und wohin führt er dich aus?«, fragte ich.

»Ins Lumière. Ich bin, um ehrlich zu sein, ziemlich aufgeregt. Das ist ja schon ziemlich romantisch da.«

Augenblicklich war ich an einem anderen Ort zu einer anderen Zeit. Ein Restaurant mit Nischen für all die Paare, die bei Kerzenschein ungestörte Zweisamkeit verbringen wollten.

»Wem sagst du das«, murmelte ich. In meinem Kopf hallten noch die Geigenklänge und ihr Farbenspiel nach, die

Stephans Heiratsantrag untermalt hatten. Auf dem Höhepunkt des Crescendos hatte er den Ring hervorgezogen. Das Gelb des verhallenden Ais hatte golden geschimmert.

»Ich weiß nicht mal, was ich anziehen soll«, fuhr Maja fort.

»Kommt mir bekannt vor.« So viele Kleider hatte ich noch nie für ein einziges Date gekauft. Und da hatte ich nur gedacht, dass es um meinen achtzehnten Geburtstag und unseren zweiten Jahrestag ginge.

»Aber eigentlich ist es auch egal, oder? Wenn Leon mich mag, interessiert es ihn nicht, wie tief mein Ausschnitt oder wie kurz mein Kleid ist.«

Ich hatte mich für das Kleid mit den weinroten Pailletten entschieden. Die Leute hatten sich nach mir umgedreht, der Königin des Abends. Stephan war sprachlos gewesen. Ob ich immer noch dieselbe Wirkung auf ihn hätte, wenn wir uns wiedersehen würden?

»Erde an Kit, woran denkst du?« Maja wedelte mit einer Hand vor meinen Augen.

Die Kerzen, die Geigen, der Glanz des Abends verschwanden und hinterließen ein tiefes Sehnen. »Ans Lumière«, antwortete ich. »Was würde ich alles dafür geben, noch mal einen Abend mit Stephan dort verbringen zu können.«

»Dein Ernst jetzt?«

»Warte ab, bis du selbst da warst. Es ist magisch.«

Maja schwieg. Erst jetzt fiel mir auf, dass sie mich komisch ansah. »Was denn?«, fragte ich.

»Ach nichts.«

»Ich frage mich halt immer wieder, ob Stephan vielleicht einen guten Grund hatte, zu gehen. Alles ist möglich, wenn mein Vater seine Finger im Spiel hat.«

»Wenn du meinst.«

Irgendetwas stimmte ganz und gar nicht. »Was ist denn los?«

»Merkst du es wirklich nicht?«

Drei Sekunden starrten wir uns an. Dann traf mich die Erkenntnis. »Oh nein, ich bin wieder nur bei mir, oder? Es tut mir so leid. Das ist wirklich keine böse Absicht.«

Sie seufzte. »Das weiß ich doch. Schon in Ordnung.«

»Ne, das ist wirklich nicht okay von mir. Magst du mir noch mehr erzählen? Worüber habt ihr euch unterhalten?«

Maja lächelte und stand auf. »Sei mir nicht böse, aber lass uns die Tage einfach noch mal telefonieren. Ich hab noch ein wenig was zu tun.«

»Na klar, ruf mich einfach an. Dann können wir uns überlegen, was du anziehst.«

Zum Abschied umarmten wir uns. Ich legte meine ganze Zuneigung in die Umarmung. Bevor ich Maja vollständig losließ, sah ich ihr tief in die Augen und sagte: »Ich freu mich wirklich sehr für dich.«

♪ ♪ ♪

Am nächsten Morgen fuhr ich das erste Mal den Weg von Winters Weiher zur Arbeit. Es fühlte sich ungewohnt an. Nicht nur, weil ich früher aufstehen musste. Vor allem hatte ich länger Zeit, mich zu fragen, was der Tag mit sich bringen würde und wie ich ihn bewältigen würde. Dafür fühlte ich mich besser gewappnet, als ich es nach meinem kurzen Fußweg je gewesen war. Vielleicht auch, weil ich das erste Mal seit Ewigkeiten wieder gut schlief. Ein sicheres Zeichen für mich, dass mein Entschluss, das Cembalo wegzugeben, richtig war. Ich musste nur noch eine Idee finden, wem ich es verkaufen konnte. Ich würde es bestimmt nicht ins Altholz geben oder irgendeinem Sammler, der es nur wegen des Namens des Besitzers haben wollte.

Instrumente müssen gespielt werden. Und wenn schon kein Meister mehr dran säße, dann sollte es wenigstens einen würdigen Nachfolger finden, der seinen Klang zu schätzen wusste.

Für einen Augenblick dachte ich, dass Frau Gerlach ein Cembalo bräuchte, auch wenn sie ihre Pläne dafür erst mal auf Eis gelegt zu haben schien. Dann schalt ich mich für diesen bescheuerten Gedanken. Wie sollte ich jemals wieder eine klare Stunde auf der Arbeit haben, wenn ich mir das Problem von einem Ort an den anderen verschob?

Ausnahmsweise war ich nach Frau Gerlach da. Offenbar hatte ich mich mit meinem neuen Zeitablauf ordentlich verschätzt. Sie beendete gerade ein Telefonat, als ich die Tür hinter mir zuzog.

»Frau Camino, gut, dass Sie da sind«, begrüßte mich meine Chefin. »Ich hatte schon Sorge, wo Sie bleiben.«

»Entschuldigung. Ich bin heute von außerhalb angereist und habe mich in der Zeit vertan.«

»Jetzt sind Sie ja da. Frau Steiner hat sich krankgemeldet und Herr Petersen ist im Urlaub. Sie müssen diese Woche die Klavierstunden der Anfänger übernehmen.«

Ich rührte mich nicht. Die Worte waren eine Wand, gegen die ich mit voller Kraft gelaufen war. »Wie bitte? Ich kann nicht … Ich habe noch nie unterrichtet.«

»Sie sind ein Nachwuchstalent am Cembalo. Das wird für ein paar Anfängerstunden am Klavier sicher reichen.«

»Ich weiß nicht einmal, was ich den Schülern beibringen soll.«

»Lassen Sie sich zeigen, wie weit die Schüler im Lehrbuch sind, und fahren Sie da fort. Das wird schon klappen. Ich vertraue Ihnen.«

»Frau Gerlach, ich bin hier Assistentin.«

»Und ich bin die Chefin und habe Sie gerade befördert. Machen Sie sich keine Gedanken, natürlich werde ich Sie entsprechend bezahlen.«

Das Telefon klingelte und bevor ich etwas erwidern konnte, nahm sie das Gespräch an. Vertauschte Welt.

Ich hatte kaum Zeit, um mich mit meinem Schicksal zu arrangieren. Trotzdem suchte ich fieberhaft nach einer Möglichkeit, aus der Nummer rauszukommen. Sicher, es war nur Klavier. Aber ich wollte nicht näher ran. Ich wollte nicht dort sitzen, wo es kein Entkommen gab: auf einer Bank vor dem Instrument, im Auge des Farbsturms.

Und ich wollte nicht in Versuchung geführt werden.

Der Uhrzeiger rückte gnadenlos vor und als ob sie geahnt hätte, dass ich versuchen würde, mich vor der Aufgabe zu drücken, kam Frau Gerlach mir zuvor und öffnete Frau Bachmann die Tür.

»Frau Bachmann, wie schön, Sie wiederzusehen. Frau Camino wird heute Ihren Unterricht übernehmen.«

»Ach, was für eine schöne Überraschung. Ich wusste gar nicht, dass Frau Camino auch unterrichtet.«

Mit einem gequälten Grinsen trat ich in den Flur und mischte mich ein. »Das ist auch nur eine Ausnahme, Frau Bachmann.«

Die alte Dame zwinkerte mir verschwörerisch zu und ging auf das Klavierzimmer zu. »Ich bin ja der Meinung, dass Abwechslung im Unterricht guttut. Neue Impulse bringen einen voran.«

Ich zögerte. Das Musikzimmer ragte drohend vor mir empor. Wann immer es möglich war, hatte ich vermieden, es zu betreten. Jetzt hatte ich keine andere Wahl.

»Kommen Sie, Frau Camino?«

Das Zimmer wurde vom Morgenlicht erleuchtet. Der Lack des Konzertflügels glänzte. Es wäre so leicht, sich dranzusetzen und zu spielen. Meine Finger zuckten.

Stattdessen ließ ich Frau Bachmann den Vortritt und stellte mich neben sie. »Am besten, Sie spielen mir einmal vor, was Sie zuletzt geübt haben.«

Frau Bachmann nickte, zog das Lehrbuch aus der Handtasche und stellte es auf die Notenablage. *Einfaches Klavierstück* stand da. Ich seufzte innerlich. Sie war wirklich noch ganz am Anfang.

Die Melodie schuf ein schlichtes, buntes Kunstwerk, das durch seine Einfachheit für meine Sinne gut erträglich war. Sie traf die richtigen Töne, wenn auch nicht die richtigen Nuancen, aber das in einer gleichbleibenden Abweichung, sodass das Gesamtbild doch stimmig war. Es fühlte sich beinahe angenehm an.

Als sie fertig war, sah sie mich an. Richtig, das war der

Moment, in dem ich etwas sagen musste. Als Lehrerin. Dabei hatte ich das noch nie gemacht.

Ich räusperte mich. »Vielen Dank. Das klang sehr gut. Mir sind jedoch zwei Dinge aufgefallen, auf die Sie in Zukunft achten könnten.«

Ich hätte mir keine Sorgen machen müssen. Ohne dass ich darüber nachdenken musste, erklärte ich Frau Bachmann genau, was mir aufgefallen war. »Ihr Anschlag ist noch zu schwach. Spielen Sie ruhig etwas kräftiger. Und versuchen Sie, das Tempo gleichmäßig zu halten. Ein Metronom kann Ihnen beim Üben helfen.«

Sie nickte. Ohne dass ich noch etwas sagen musste, begann sie erneut zu spielen. Ich war überrascht, dass es ihr direkt gelang, meine Ratschläge umzusetzen. Aber es bestärkte meinen Eindruck, dass die älteren Semester mit sich und ihrem Musizieren wesentlich geduldiger waren als der Rest und auch entspannter ans Üben gingen. Was mich noch mehr überraschte, war die Tatsache, dass ich mich gut fühlte.

Wenn es so weitergeht, dachte ich mir, *wird die Woche vielleicht nicht so schlimm.* Augenblicklich bremste ich mich. Es war die erste Stunde und die Kinder hatte ich noch vor mir.

Tommy war der Erste, der nach der Schule vorbeikam. Die letzte Stunde vor meiner Mittagspause, die ich dann vermutlich nötig haben würde.

Er war ein lebhafter Junge, der darauf bestand, dass seine Mutter in meinem Büro auf ihn wartete. Im Klavierzimmer sah er sich mit großen Augen um und grinste mich dann an. Ihm fehlte ein Schneidezahn.

»Das ist so cool«, sagte er.

Offenbar war er heute das erste Mal hier. *Hallo, Kopfschmerzen.* Aber es nutzte nichts. »Hast du schon mal an einem Flügel gesessen?«, fragte ich.

Er schüttelte den Kopf. Vor dem Instrument blieb er stehen und streckte die Hand danach aus. Doch anstatt es zu berühren, zog er die Hand wieder zurück.

»Du kannst es ruhig anfassen«, sagte ich und stellte ihm die Klavierbank auf die richtige Höhe ein. »Na komm, setz dich.«

Er machte es sich bequem und baumelte mit den Beinen. Es erinnerte mich an vergangene Momente, in denen ich neben Vater gesessen und ihm zugehört hatte, wie er Cembalo spielte. Ich hatte genauso dagesessen.

»Und jetzt?«

»Jetzt probierst du einfach mal ein paar Töne aus. Hör dir an, wie sie klingen. Wenn das Klavier dein neuer Freund werden soll, müsst ihr euch erst besser kennenlernen.«

Ich war mir unsicher, ob das die beste Herangehensweise war, doch Tommy lächelte und sagte: »Okay.«

Er drückte eine Taste und ich vergaß meine Angst vor den pochenden Schmerzen, die mich häufig überkamen, sobald die übereifrigen Kinder loslegten. Sein ganzes Wesen veränderte sich in diesem einen Moment.

Als der Ton erklang, richtete er sich auf und ein breites Grinsen brachte sein Gesicht zum Leuchten. Ohne dass ich ihn weiter auffordern musste, spielte er den nächsten Ton und den nächsten. Er probierte alles aus, die schwarzen und die weißen Tasten. Die tiefen und die hohen Töne. Und er ging erstaunlich schnell dazu über, Melodien zusammenzubauen. *Alle meine Entchen* hatte er sofort raus, für *Häschen in der Grube* brauchte er nur ein wenig länger.

Die Farben waren noch blasser als bei Frau Bachmann, was bei Kinderhänden kein Wunder war. Aber das würde sich mit der Zeit ändern. Der Flügel war so gut gestimmt, dass es keine großen tonalen Abweichungen gab, wahrnehmen konnte ich sie trotzdem. Und dennoch stand ich neben Tommy, der vor Glück strahlte und sich freute, ausprobieren und bereits einige Lieder spielen zu können, und es zerriss mich fast. Ich wusste, wie es sich anfühlte, in Tommys Haut zu stecken, und wünschte mir nichts sehnlicher, als mit ihm tauschen zu können.

Ich unterdrückte den Impuls. Genau das hatte ich befürchtet, als Frau Gerlach mich hierzu verdonnert hatte. Die Nähe weckte meine Sehnsucht, selbst die Finger über die Tasten fliegen zu lassen.

Das durfte nicht sein. Ich würde mich nie von Vater lösen können, wenn ich nachgab.

»Das machst du schon ganz toll, Tommy. Kannst du schon Noten lesen?«

Er schüttelte den Kopf.

»Spielst du irgendein anderes Instrument?«

Wieder schüttelte er den Kopf.

»Verrätst du mir, warum du das Klavierspielen lernen möchtest?«

»Wegen der Frau im Theater. Die konnte das ganz schnell. Und am Ende durfte ich ihr die Hand schütteln und sie hat gesagt, wenn ich viel übe, kann ich das auch.«

Bewunderung. Genau wie bei mir damals. Ich nickte, weil ich mir nicht zutraute, ihm mit fester Stimme zu antworten. Und gleichzeitig horchte ich auf. Wie ein Blitz war da die Idee im Kopf, die ich die ganze Zeit gesucht hatte. Es brauchte nur ein Telefonat.

Ich wusste, wem ich das Cembalo anbieten konnte.

♪♪♪

Kurz vor Feierabend kam Frau Gerlach in mein Büro. »Wie lief es heute bei Ihnen?«

Ich runzelte die Stirn. Ich konnte nichts daran ändern, dass ich es ihr übel nahm, dass sie mich in diese Situation gebracht hatte. Es fühlte sich wie ein billiger Trick an, um mich auf Dauer zum Cembalounterricht zu drängen. »Ich fühle mich nicht ausreichend vorbereitet«, sagte ich.

»Ich weiß es zu schätzen, dass Sie es dennoch übernehmen.«

Als ob sie mir eine Wahl gelassen hatte.

Ich verabschiedete mich, doch noch auf dem Heimweg ließ mich der Tag nicht los. Auch weil ich niemanden erreicht hatte, als ich in meiner Mittagspause im Opernhaus angerufen hatte, und seitdem ungeduldig auf einen Rückruf wartete.

Vor allem aber fragte ich mich, ob es wirklich so schlimm gewesen war, unterrichten zu müssen. Es hatte sich gut angefühlt, Tipps zu geben und dabei zuzusehen, welchen Einfluss sie auf das Farbenspiel hatten. Wenn ich ganz ehrlich mit mir war, musste ich sogar zugeben, dass ich weniger Kopfschmerzen bekommen hatte als sonst.

Auch wenn ich es kaum glauben konnte: Das Unterrichten hatte mir Spaß gemacht. Wenn es nur nicht an so verdammt vielen Erinnerungen rütteln würde.

Als ich in Winters Weiher vorfuhr, kam Raffael in Sportklamotten ums Haus gejoggt. Ich stieg aus und winkte ihm zu. In dem Moment ertönte ein glasklares D wie von einem Glockenspiel und ein blauer Schimmer legte sich über mein Sichtfeld.

Es dauerte einen Moment, bis ich begriff, dass es von meinem Handy kam. Es war das erste Mal, dass ich es laut gestellt hatte, weil ich mich bisher vor einem schlecht gestimmten Klingelton gescheut hatte. Doch meine Sorge, den Rückruf des Opernhauses zu verpassen, war größer gewesen und dieser schlichte Signalton im Endeffekt gar nicht so schlimm, wie ich befürchtet hatte.

Ein Blick auf das Display verriet mir, dass es der ersehnte Rückruf war. Mein Herzschlag beschleunigte sich.

Raffael blieb an der Treppe stehen und dehnte sich. Ich ging Richtung Haus und schilderte der Dame am anderen Ende mein Anliegen.

»Ich hätte gern einen Termin mit dem Geschäftsführer. Es geht um das Cembalo meines Vaters, Nestor Camino.« Ich hasste es, zu wissen, dass es wieder mal sein Name war, der mir die Tür öffnete. Den Termin für Freitagnachmittag bestätigte ich dennoch. Dabei ließ ich Raffael nicht aus den Augen. Irgendwas hatte sich verändert.

Er sah mich an, als ob er versuchte, ein unlösbares Rätsel zu durchschauen, und dabei nicht weiterkam.

Ich beendete das Gespräch und wartete ab. Als nichts geschah, fragte ich: »Ist alles in Ordnung?«

»Ich weiß nicht genau.« Er atmete durch, wie um sich

zu sammeln. »Das, was du da gerade gesagt hast … Was hast du vor?«

»Ich will das Cembalo verkaufen.«

Raffael sah aus, als hätte er ein Gespenst gesehen. »Das Cembalo deines Vaters?«

»Ich habe keine Verwendung mehr dafür. Ich hab dir doch gesagt, dass ich nicht mehr spiele.«

»Aber das ist nicht richtig.«

Wenn ich etwas nicht leiden konnte, dann waren es Menschen, die mir vorschreiben wollten, was sich gehörte und was nicht. Ich hatte Raffael nicht für so jemanden gehalten. »Ich will es aber nicht«, sagte ich und hoffte, dass er es dabei belassen würde.

Doch Raffael bohrte weiter. »Bedeutet es dir denn gar nichts?«

»Das geht dich nichts an.«

»Was ist denn plötzlich los mit dir?«

Mein Puls schoss ins Unermessliche. »Dieses Instrument ist ein Haufen Holz, der schon vor Jahren auf den Müll gehört hätte.«

»Das meinst du nicht ernst.«

Meinte ich nicht, aber das musste er nicht wissen. »Und wenn?«

»Warum tust du das?« Raffaels Blick wollte sich direkt in mein Gewissen bohren. »Dein Vater hat sich sicherlich was dabei gedacht, dir dieses Haus samt Cembalo zu hinterlassen.«

Ich straffte die Schultern und reckte das Kinn ein Stück weiter in die Höhe. »Ach, weil du meinen Vater auch so gut gekannt hast, oder wie? Ich kann mit meinen Sachen machen, was ich will.«

»Was, wenn du es irgendwann bereust? Wenn es mein Erbe wäre …«

»Aber es ist nicht deins. Es ist meins. Er hat es mir hinterlassen. Leb damit.«

Raffael versteifte sich und kniff die Augen zusammen. Fast glaubte ich, er wollte sich mit mir prügeln. So wie früher. Doch dann drehte er sich um und ging.

Die in Indigo

Wir gingen uns aus dem Weg und ich fühlte mich schlecht. Nicht sofort. Direkt nach unserem Streit hatte ich mich in meinem Anwesen und meiner Wut verkrochen und darauf gewartet, dass Raffael kam, um sich zu entschuldigen. Immerhin hatte ich nichts falsch gemacht.

Doch er war nicht gekommen und in der Stille des folgenden Abends war die Wut verraucht und hatten die Gedanken ohne Unterlass zu kreisen begonnen, ob ich zu harsch gewesen war.

Heute flüsterte eine Stimme in meinem Hinterkopf, dass immer dann, wenn man sich von etwas angegriffen fühlt, an diesen Dingen etwas Wahres dran ist.

Die Erkenntnis schlich sich auf leisen Sohlen von hinten an und stürzte sich auf mein Gewissen: Ich hatte wieder mal überreagiert. Ich war persönlich und verletzend geworden und dafür schämte ich mich.

Irgendwie musste ich das wieder gutmachen. Ich wollte Raffael nicht länger aus dem Weg gehen und in Schweigen verharren. Er fehlte mir schon jetzt. Daher nahm ich allen Mut zusammen und klingelte bei ihm.

Er öffnete die Tür und sah mich mit versteinerter Miene an. Er konnte seinen Groll offenbar nach wie vor ohne Probleme über lange Zeit aufrechterhalten.

Ich hob den Korb voller Lebensmittel in die Höhe. »Ich komme mit einem Friedensangebot.«

Er rührte sich nicht. Die Stille zog sich wie Kaugummi. Je länger er nichts sagte, umso unwohler fühlte ich mich. Ich versuchte es mit einem Lächeln. Es sah bestimmt scheußlich schief aus.

»Meine Lasagne ist wirklich gut«, probierte ich es noch mal.

»Ich hab schon gegessen.«

»Oh, okay. Schade.« Der Korb wog plötzlich über 1000 Kilo und zog mit aller Kraft Richtung Boden, genau wie meine Mundwinkel. »Dann stör ich dich nicht länger.«

Ich flüchtete. Es war so peinlich. Er hatte mir nicht einmal eine Gelegenheit gegeben, mich zu entschuldigen.

»Katharine, warte.«

Ich hielt an, traute mich jedoch nicht, mich umzudrehen, weil ich meine Gesichtszüge nicht mehr unter Kontrolle hatte.

»Das war gelogen«, fuhr Raffael fort. »Und ich liebe Lasagne.«

Als sich unsere Blicke trafen, wurde seine Miene weicher und er machte einen Schritt zur Seite. Mit neuem Mut ging ich in die Küche durch, wo ich die Zutaten für das Abendessen abstellte und schließlich aussprach, was mir auf dem Herzen lag.

»Es tut mir leid. Ich wollte dich nicht verletzen.« Ich traute mich nicht, ihm in die Augen zu gucken, aus

Angst, Ablehnung in ihnen zu sehen. Ich hatte das Gefühl, gerade einen Kindheitsfreund wiedergefunden zu haben. Das wollte ich nicht verlieren.

Die Stille zog sich in die Länge. Das konnte nichts Gutes bedeuten. Warum hatte er mich überhaupt reingebeten? Verdammt, wo waren die Zwiebeln, wenn man sie mal als Ausrede brauchte?

Da schlangen sich zwei Arme um mich und Raffael zog mich an sich.

»Danke.« Mehr sagte er nicht.

Die Erleichterung strömte durch meinen Körper. Ich legte die Tomaten zur Seite, drehte mich um und erwiderte die Umarmung. »Es tut mir wirklich leid. Ich bin nicht sonderlich umgänglich, wenn es um meinen Vater geht.«

Raffael ließ mich los und holte zwei Weingläser aus einem Schrank. »Wir brauchen Rotwein zur Lasagne.«

Und lockere Zungen, dachte ich. Auch meine Nerven, die in den letzten Minuten Achterbahn gefahren waren, konnten das sicher gebrauchen.

Die schwere Süße von Beeren stieg mir sofort zu Kopf.

»Vielleicht sollten wir erst die Lasagne in den Ofen bringen. Nicht dass ich gleich Salz und Zucker verwechsel«, sagte ich.

Raffael stimmte mir lachend zu und schnippelte dann das Gemüse, während ich die Soße aufsetzte. Wir arbeiteten im schweigenden Miteinander. Wie ein eingespieltes Team.

Schicht für Schicht setzte ich schließlich die Lasagne unter Raffaels wachsamem Blick zusammen. Ich spürte, wie er mich beobachtete, und ahnte, dass meine Schonfrist vorbei war. Kaum dass ich die Ofenklappe geschlossen hatte, drückte er mir mein Glas wieder in die Hand.

»Lass uns ins Wohnzimmer gehen«, sagte er.

Ich hatte nur verschwommene Erinnerungen an eine heimelige Wohnstube mit viel Krimskrams und Deko. Umso überraschter war ich von der minimalistischen Einrichtung, die dafür umso hochwertiger schienen. Besonders auffällig war eine Holztruhe, die aufgeklappt an der Wand stand. LED-Leisten ließen den Stoff, mit dem die Kiste ausgekleidet war, und die darin befindlichen Flaschen schimmern und funkeln.

»Das nenn ich mal eine Hausbar. Ziemlich ausgefallen. Bist du unter die Trinker gegangen?«

»Eher unter die Tischler.«

»Die hast du selbst gemacht?« Ich trat näher an die Truhe und strich mit den Fingerspitzen über das Holz.

»Mein Gesellenstück. Hat mir letztes Jahr Bestnoten eingebracht.«

»Wow. Tischler. Wie bist du dazu gekommen?«

»Dein Vater hat mal erzählt, dass es für ihn das Größte ist, etwas mit seinen eigenen Händen zu erschaffen. Etwas zu hinterlassen, was ihn überdauert.«

Mein Vater. Da war es. Ich hatte befürchtet, dass es sich nicht vermeiden lassen würde. »Und ich dachte immer, du wolltest Tierarzt werden«, versuchte ich, die Anspielung zu ignorieren.

»Nur bis mich der Hund meiner Patentante gebissen hat«, sagte Raffael und schwieg.

Aber so, wie er mich anguckte …

»Was ist zwischen dir und deinem Vater vorgefallen?«

Die Schlieren in meinem Weinglas waren plötzlich hochgradig faszinierend. »Wieso glaubst du, dass etwas vorgefallen ist?«

»Ach komm, du versuchst abzulenken. Und außerdem hast du vorhin selbst gesagt, dass es ein schwieriges Thema für dich ist.«

»Dann nimmst du es mir bestimmt nicht übel, dass ich versuche, so wenig wie möglich darüber zu reden.«

»Natürlich nicht. Außer wenn du mich wie eine Furie anfauchst, wenn er doch Erwähnung findet. So wie vorgestern.« Sein Grinsen verriet mir, dass er es nicht böse meinte.

Ein Teil meiner Anspannung schwand und ich nahm noch einen Schluck Wein. »Was soll ich sagen, ich bin ein Widder.«

»Und ich bin Skorpion. Von Natur aus sehr neugierig. Aber das weißt du ja. Also, was ist passiert?«

Ich wusste, wann ich verloren hatte. Und irgendwie fühlte es sich bei Raffael auch nicht aufdringlich an, wenn er nachbohrte. Vielleicht täte es mal gut, mit jemand anderem als Maja zu reden. »Du hast bestimmt mitbekommen, dass mein Vater eine Hand verloren hat, oder?«

Raffael nickte und wir setzten uns aufs Sofa.

»Ab da war er nicht mehr der Gleiche. Alles hat sich verändert.«

»Das kann ich mir vorstellen. Er konnte keine Musik mehr machen.«

»Aber er konnte noch unterrichten und das ist die Ursache des Problems. Ich hab die Synästhesie von meinem Vater geerbt. Wenn nur einer von uns nicht darunter gelitten hätte, hätte er mich nie quälen können.«

Raffael verschluckte sich am Wein.

»Bist du sicher, dass du es wissen willst?«, fragte ich und stellte überrascht fest, dass ich hoffte, dass er keinen Rückzieher machen würde.

Raffael nickte und sagte: »Aber nur, wenn es für dich in Ordnung ist. Ich wollte dich nicht drängen.«

Ein warmes Gefühl breitete sich in meiner Brust aus. Die Worte kamen von selbst. »Ich hab dir ja schon erzählt, dass meine Wahrnehmung manchmal so intensiv ist, dass es anstrengend werden kann, Musik zu hören.«

»Ich finde es immer noch schwer, mir das vorzustellen, wenn ich ehrlich bin.«

Ich überlegte, wie ich es besser erklären könnte. Es kam selten vor, dass jemand versuchte, hinter die schöne Vorstellung zu blicken, die die meisten von meiner Fähigkeit hatten. »Wenn du Lust auf Musik hast und sie zu laut wird, stellst du sie einfach leise, um keine Kopfschmerzen zu bekommen. Wenn ich Lust auf Musik habe, muss mein Kopf zusätzliche Eindrücke in Form von Farben verarbeiten, die sich nicht regulieren lassen. Was würdest du also an meiner Stelle tun, wenn du Musik hören willst?«

»Nur die Musik hören, die mir gefällt?«

»Genau.«

»Oh Scheiße. Er hat dich benutzt.«

Ich schwieg. Es war Antwort genug.

»Deine Geschichte aus dem Kindergarten war nur Ablenkung. Du wolltest eigentlich sagen, dass dein Vater dir die schlimmen Seiten der Synästhesie gezeigt hat, oder?«

Ich schloss die Augen, um Raffaels blasses Gesicht nicht sehen zu müssen. Die erschrockene Erkenntnis in seinem Blick. Das würde es nur schwerer machen, die

Geschichte zu Ende zu bringen. »Sein Unterricht hat sich verändert. Es war ihm egal, dass es mich fast wahnsinnig gemacht hat. Hauptsache, *seine* synästhetische Welt war in Ordnung. Wenn ich Fehler gemacht habe …« Ich hielt inne und nahm einen Schluck Wein. Hoffentlich hatte Raffael das Zittern in meiner Stimme nicht bemerkt.

»Was hat er getan?«, fragte er.

Ich atmete tief durch, stellte das Glas zur Seite und hielt ihm meine Hand entgegen. »Siehst du die Narbe?«

Raffael fuhr die blasse Linie auf meinem Handrücken mit einem Finger nach. »Er hat dich geschlagen?«

»Er hat versucht, mich auf seine Spielweise umzuprogrammieren«, wisperte ich und entzog Raffael die Hand. Die Aufmerksamkeit, die seine Berührung auf die Narbe lenkte, war mir unangenehm.

»Deshalb hast du aufgehört, zu spielen«, murmelte Raffael.

»Das war tatsächlich nicht der Grund. Ich habe das Cembalo ja trotz allem geliebt. Momente, in denen ich unbelauscht war und so spielen konnte, wie ich wollte. In denen ich meine eigene Welt erschaffen konnte. Tja, und dann kam dieser eine Schlag, bei dem meine Hand angefangen hat zu bluten …« Ich schwieg und rieb über den Handrücken. Er kribbelte, als spürte er noch die Nachwehen der Schläge.

»Danach ist es schlimmer geworden?«

»Nein. Besser. Ich habe einen neuen Lehrer bekommen. Stephan. Vater und ich sind uns ab da aus dem Weg gegangen und für eine Zeit war alles gut. Ich hab sogar angefangen, Cembalo zu studieren. Bis mein Vater beschlossen hat, sich wieder in mein Leben einzumischen und meine Beziehung zu zerstören.«

»Was? Aber warum?«

»Ich weiß es nicht. Aber das war der Tag, an dem ich den Kontakt zu ihm abgebrochen und geschworen habe, nie wieder Cembalo zu spielen.«

»Aber du liebst es.«

Mir war bewusst, dass es niemand verstand. Aber Raffael war der Erste, von dem ich wollte, *dass* er es verstand. Es überraschte mich selbst.

»Er *ist* das Cembalo. Es ist untrennbar mit seinem Namen verbunden. Er hat das Instrument geprägt wie kein anderer.«

»Aber er ist tot.«

Nein. War er nicht. Nicht wirklich. Und das war das Problem. »Sein Name wird immer weiterleben«, brach es aus mir heraus. »Du kannst dir nicht vorstellen, wie es ist, wenn dich jeder wegen des Namens deines Vaters kennt. Wenn dich jeder an ihm misst. An einem Mann, den du verachtest. Mit dem du nie wieder etwas zu tun haben willst. Von dem du aber eine Gabe geerbt hast, die dich für immer mit ihm verbinden wird. Ob du es willst oder nicht.«

Ich zwang mich, wieder ruhiger zu werden. Raffael starrte mich an und wusste offenbar nicht mehr, was er sagen sollte.

Ich seufzte. »Ich hatte keine andere Wahl. Um wirklich frei zu sein von ihm und seinem Einfluss auf mein Leben, musste das Cembalo verschwinden.«

Raffael senkte den Blick. »Es tut mir leid, wenn ich eine Grenze übertreten habe. Was du mit dem Cembalo machst, ist natürlich deine Sache. Ich dachte nur: Was wäre, wenn du irgendwann bereust, es weggegeben zu haben? Es ist ein Stück deiner Familiengeschichte, die nicht nur dein Vater geprägt hat, sondern auch du. Du hattest doch auch schöne Momente damit, oder?«

Ich sagte nichts dazu. Klar hatte es auch schöne Momente gegeben. Das Problem war jedoch, dass es mir fast unmöglich geworden war, mich daran zu erinnern, weil die vielen schlimmen Erinnerungen alles überlagerten. Das Cembalo anzusehen fühlte sich an, wie in die Tiefe eines Kraters zu sehen. Er zog mich an, obwohl ich wusste, dass am Grund das Verderben lauerte. Und kaum dass ich mich mit dem Abgrund arrangiert hatte, genau wusste, wie groß er war, wo er verlief und wie ich ausreichend Abstand einhalten konnte, verlief er plötzlich in meinem Haus.

»Okay, das reicht jetzt mit den schweren Themen«, sagte Raffael, als die Pause immer länger wurde. »Lass uns lieber darüber reden, was du für ein Tier wärst, wenn du dir eins aussuchen könntest.«

»Was?« Mein Kopf war leer.

»Ich wär gern ein Bär.« Er sah mich vollkommen ernst und erwartungsvoll an.

Meine Mundwinkel zuckten. Ich konnte nichts dagegen tun. »Das mit den geschickten Themenwechseln solltest du noch mal üben.«

»Aber es hat geklappt. Gleich lächelst du.« Und er hatte recht.

»Warum ein Bär?«, fragte ich.

»Na, ich wollte schon immer mal das mit dem Winterschlaf ausprobieren. Nur ob man das so lange ohne Essen aushält?«

»Ach du Scheiße.« Ich sprang auf und rannte in die Küche. »Ich habe keinen Timer gestellt.«

Es war nichts mehr zu retten.

»Ich schwöre, das ist mir noch nie passiert«, sagte ich und starrte auf die klägliche, verbrannte Masse im Ofen.

»Vielleicht sollten wir das mit dem Kochen in Zukunft beide lassen«, sagte Raffael und riss das Fenster auf. »Sollen wir was bestellen?«

Mein Magen grummelte.

»Das war deutlich«, sagte Raffael.

Tief in meiner Brust löste sich etwas, brachte alles in mir zum Vibrieren und bahnte sich schließlich einen Weg nach draußen. Ich lachte.

♪ ♪ ♪

Ich hatte nicht gedacht, dass ich noch mal einen Fuß in das Opernhaus setzen würde. Es fühlte sich vertraut an, mich durch den Bereich zu bewegen, den die Gäste normalerweise nicht zu sehen bekamen. Den Teil, in dem ich eine Weile ein und aus gegangen war, weil ich meinen Vater zu Proben und Auftritten begleitet hatte.

An meine eigenen Auftritte dachte ich nur ungern zurück. Es erinnerte mich zu sehr an die Zukunft, die ich mir einst gewünscht hatte.

Der Geschäftsführer Herr von Friedhelm bat mich in

sein Büro. Ich war seltsam aufgeregt. Vielleicht, weil ich wusste, dass sein Vater bis zu seinem Tod vor einigen Jahren ein Gönner meines Vaters und der ganzen Stiftungen in seinem Namen gewesen war. Ich hoffte, dass ihm diese Verbindung nicht bewusst war.

»Frau Camino, wie schön, Sie kennenzulernen. Mein aufrichtiges Beileid zum Verlust Ihres Vaters. Ich habe ihn sehr bewundert.«

»Vielen Dank«, sagte ich und konzentrierte mich darauf, keine Grimasse zu ziehen.

»Bitte, setzen Sie sich doch. Was kann ich für Sie tun?«

»Ich habe, ein wenig überraschend, das Instrument meines Vaters geerbt. Da ich nicht mehr spiele, möchte ich es gern verkaufen. Es wäre schade, es nur rumstehen zu lassen.«

»In der Tat. Wenn ich mich recht erinnere, hat Ihr Vater ein französisches Cembalo von Taskin gespielt?«

»Genau«, stimmte ich ihm unbeeindruckt zu.

»Ein wirkliches Meisterwerk an Handwerkskunst und in den richtigen Händen … Wirklich schade, dass Sie Ihr Studium abgebrochen haben. Ich hatte mich sehr darauf gefreut, Sie und Ihren Jahrgang im Rahmen Ihres Abschlusskonzerts hier begrüßen zu können.«

»Familiäre Umstände haben mich dazu gezwungen.«

»Melden Sie sich unbedingt bei mir, falls Sie es sich jemals anders überlegen. Wäre es nicht großartig, wenn wir es unseren Vätern gleichtäten und zusammen eine neue Ära der Caminschen Cembalomusik aufbauen würden?«

Ich lächelte vage. Es war das Gleiche wie immer. Vaters Name überstrahlte alles.

»Leider kann ich Ihnen im Moment nicht weiterhelfen«, fuhr Herr von Friedhelm fort. »Selbst wenn wir das notwendige Kapital hätten, müsste ich ablehnen. Wir verpflichten nur Musiker, die ihr eigenes Instrument stellen. Und zufälligerweise haben wir gerade einen Cembalisten für die kommende Spielzeit angestellt.«

»Ach, tatsächlich.« Enttäuschung und eine unwillkommene Neugier hielten sich die Waage. Ungewollt begann mein Kopf Namen aufzurufen und wieder auszuschließen, die in Betracht kommen konnten.

»Wissen Sie was? Ich stelle Sie vor. Er ist gerade im Haus. Gerade die Tage aus Italien angekommen.«

Ein Cembalist aus Italien? Da fiel mir keiner ein.

Herr von Friedhelm stand auf. »Ich meine mich zu erinnern, dass er sein Instrument gerade erst gekauft hat. Aber das Cembalo, auf dem Nestor Camino seine größten Erfolge gefeiert hat? Das ist eine einmalige Gelegenheit für einen Berufsmusiker.«

Bei den Worten hatte ich schon keine Lust mehr, dem Cembalisten zu begegnen. Das fehlte mir noch, mich mit einem weiteren glühenden Verehrer von Nestor Camino auseinandersetzen zu müssen. Doch Herr von Friedhelm ließ mir keine Wahl. Er hatte bereits das Büro verlassen.

»Kommen Sie, Frau Camino?«

Die Aussicht, wieder bei null anzufangen, wenn ich jetzt ginge, ließ mich Herrn von Friedhelm folgen. Ich würde einfach einen unschlagbaren Preis machen und zusehen, dass ich die Sache so schnell wie möglich über die Bühne brachte.

Zielstrebig führte er mich den vertrauten Flur entlang. Links und rechts waren die Türen zu den Garderoben der Musiker. Wie häufig hatte ich in einem dieser Räume meinem Vater die Krawattennadel angesteckt, nachdem er sich für den Auftritt umgezogen und Mutter ihm die Krawatte gebunden hatte? Bis irgendwann ich diejenige gewesen war, die sich umgezogen hatte. Ich konnte immer noch spüren, wie Stephan den Reißverschluss meines Kleids schloss. Ein warmer Schauer lief mir den Rücken hinab.

Der Bühnenaufgang kam näher. Augenblicklich überkam mich die Aufregung, die ich schon immer gespürt hatte, bevor ich eine Bühne betrat.

Die Holzstufen gaben unter unseren Schritten nach. Sie waren alt und durchgetreten. Im Scheinwerferlicht auf der Bühne stand das Cembalo. Es war ein schönes Exemplar, solides Handwerk. Das ließ mich hoffen. Vaters Instrument war um Klassen besser. Ansonsten war niemand zu sehen.

Ich sah mich genauer um. Die Stühle waren neu bezogen worden. Das Holz glänzte wie frisch lackiert. Nur die schimmernden Verzierungen waren geblieben. Insgesamt wirkte der Saal größer und freundlicher, aber immer noch magisch.

Einen Moment später näherten sich Schritte vom Publikumseingang.

»Ah, da sind Sie ja«, sagte Herr von Friedhelm. »Ich möchte Ihnen jemanden vorstellen.«

Gegen das Licht konnte ich nur eine Silhouette erkennen, die plötzlich stehen blieb.

»Kit?«

Beim Klang der Stimme wurde mir heiß und kalt zugleich. »Stephan?« Ich war mir nicht sicher, ob er es wirklich war, bis er zu uns auf die Bühne kam.

»Sie kennen sich bereits?« Herr von Friedhelm blickte zwischen uns hin und her und als keiner von uns etwas sagte, räusperte er sich verlegen. »Ja nun, ich lasse Sie beide mal allein. War schön, Sie kennengelernt zu haben, Frau Camino.«

Dann waren wir allein. Eine Weile starrten wir uns an. Er sah genauso aus wie in meiner Erinnerung. Leider.

Ich hatte mir so häufig vorgestellt, was ich alles sagen und fragen würde, wenn ich Stephan gegenüberstehen würde. Stattdessen: Gehirn aus. Hormone an.

Vor mir stand das lebensechte Abbild eines Bravo-Starschnitts. Mit seinen weichen, glatt rasierten Gesichtszügen, den perlweißen Zähnen hinter dem unsicherem Lächeln und den strahlenden Augen sah er immer noch aus wie das perfekte Boybandmitglied. Wenn man von seiner steifen Kleidung absah. Wann hatte er angefangen, sich wie mein Vater zu kleiden? Dieser Gedanke schaltete mein Gehirn wieder an, wenngleich ich mich etwas benommen fühlte.

»Was machst du hier?« Seine Stimme klang wie flüssiger Honig und sicherer, als er aussah. Die Hände hatte er in beide Hosentaschen gesteckt und wippte auf den Füßen hin und her. Dadurch fühlte ich mich besser.

»Ich hatte einen Termin mit Herrn von Friedhelm.«

Da, das war doch gar nicht so schwer. Und jetzt frag ihn, warum er gegangen ist. Und warum er zurückgekommen ist. Doch mein Mund war trocken. Früher war die Stille zwischen uns nichts Schlimmes, sondern etwas Angenehmes gewesen. Aber in mir stritten so viele Empfindungen um die Oberhand, dass ich nicht mehr wusste, was in mir vorging. Ich wandte mich ab und deutete auf das Instrument. »Ist das deins?«

»Ja. Ist es nicht eine Schönheit?« Stephan ließ die Fingerspitzen über das Holz gleiten wie früher über meinen Körper.

Ich lächelte. Er hatte sich immer ein eigenes Cembalo gewünscht.

»Ich musste einen fetten Kredit dafür aufnehmen, aber ich würde es jederzeit wieder tun«, sagte er.

»Das freut mich für dich.«

Wieder dieses Schweigen. Es war unangenehm und ich wollte einfach nur weg. Auf der anderen Seite wollte ich näher an ihn ran. Ob er noch so roch wie vor einem Jahr? Und ob er sich noch so anfühlte wie damals?

Wie von selbst legte sich die Melodie unseres Lieds auf meine Ohren. Jenes Stück, das wir zusammen komponiert hatten. Eine Melodie in den Farben der Liebe. Dazwischen das Dis, das sich klanglich nicht richtig einfügen wollte. Das Stephan nur eingebaut hatte, weil ich ihm mal gesagt hatte, dass ich das Indigo seines Dis so schön fand.

Ich rutschte unwillkürlich ein Stück näher.

Stephan kam mir entgegen. Er blieb erst stehen, als wir uns fast berührten. »Du glaubst gar nicht, wie sehr ich mich freue, dich zu sehen«, wisperte er und griff nach meiner Hand.

Warm. Genau wie in meiner Erinnerung. Doch die Wärme dieser Erinnerung wurde zu einem glühenden Stück Kohle, das sich durch meine Brust bohrte. Ein sengender Schmerz, so wie in dem Moment, als ich begriffen hatte, dass Stephan nicht mehr da war.

Mein Kopf wurde klar. Vor mir stand der Mann, den ich hatte heiraten wollen. Von dem ich gedacht hatte, dass ich ihn wie keinen sonst kannte. Und der mich verlassen hatte. Ohne jede Vorwarnung oder Erklärung. »Fass mich nicht an«, platzte es aus mir heraus. Die Glut in meiner Brust entfachte einen Sturm von Wut. Ich riss mich los und wich zurück.

Stephan hob abwehrend die Hände. »Woah, Entschuldigung. Was hab ich dir getan?«

»Ist das dein Ernst? Du tickst ja wohl nicht mehr ganz richtig.«

»Ich bin nicht unangekündigt bei dir aufgetaucht.«

Ich schnaubte. Wäre ich ein feuerspuckender Drache, läge jetzt ein Haufen Asche vor mir. »Nein. Du hast mich nur abserviert und bist für über ein Jahr wie vom Erdboden verschluckt gewesen.«

Stephan schrumpfte in sich zusammen und ließ die Schultern hängen. »Es war nie meine Absicht, dir wehzutun.«

»Interessante Art, das zu zeigen.«

Er sah mich an, so intensiv, als wollte er mir seine Gedanken übertragen. »Glaub mir, wenn ich es wieder gutmachen könnte, würde ich es. Es gibt keinen Tag, an dem du mir nicht gefehlt hast.«

Seine Worte trafen exakt den Punkt, an dem es wehtat. Weil es genau das war, was ich jeden Tag empfunden hatte. Das glühende Loch in meiner Brust erkaltete. Ohne die Wut fühlte ich mich hilflos. »Warum hast du dich dann nie gemeldet?«

»Ich wollte ja. Mehr, als du ahnst. Aber es ging nicht.«

Ich verstand. Es war genauso, wie ich befürchtet hatte.

»Es ist wegen Vater, oder? Jetzt, wo er tot ist, bist du zurückgekommen.«

»Ich habe es nicht länger ausgehalten ohne dich.«

Ich ging ums Cembalo herum, um Abstand zwischen uns zu bringen. Er machte es mir schwer, klar im Kopf zu bleiben. Alles, was er sagte, lullte mein Herz wieder ein, das ihm so gern glauben wollte. »Was hat er getan, um dich zum Gehen zu bringen?«, fragte ich.

»Können wir es nicht einfach vergessen und von vorn anfangen?«

»Wie stellst du dir das vor? Es hat sich alles geändert.«

»Aber er ist nicht mehr da. Ich schon. Ich bin hier. Wegen dir.« Seine Stimme klang beinahe flehentlich.

Etwas in mir wollte ihm in die Arme fallen. Der andere Teil konnte nicht vergessen, wie sehr Stephan mich verletzt hatte. In meinem Kopf rangen ein Bulldozer und eine Abrissbirne um die Vorherrschaft. »Das wird mir grad alles etwas viel«, sagte ich.

»Das verstehe ich. Aber vielleicht können wir mal essen gehen? Freitagabend. Ich reserviere einen Tisch im Lumière.«

Diese Augen, dieses Lächeln … Mein Schädel hämmerte. »Ich weiß nicht«, sagte ich.

»Du musst dich nicht jetzt entscheiden. Ich werde dort auf dich warten. Überleg es dir einfach.«

»Mach's gut, Stephan.« Ich hielt es nicht länger aus. Bevor er noch etwas sagen konnte, wandte ich mich ab und ging. Mein Herz klopfte wie verrückt.

Vor der Oper blinzelte ich im Tageslicht den Schlaf aus den Augen. Das musste ein Traum gewesen sein. Doch ich war hellwach.

Stephan war wieder da. Einfach so. Es war nicht lange her, da hatte ich mir gewünscht, ihn noch einmal sehen zu können. Einen Abend mit ihm im Lumière zu verbringen. Nur: Jetzt war ich mir nicht mehr sicher, ob ich das noch wollte.

Diludium

Es wiederholte sich. Ein paar Töne drangen durch die Wand und brachen dann abrupt ab. Was war da los?

Kurz entschlossen ging Raffael nach draußen und um das Haus herum. Die Türen zur Veranda waren weit aufgerissen. Die Cembaloklänge klangen glasklar und irgendwie silbrig. Noch viel schöner als auf der CD, die Katharine ihm einmal vorgespielt hatte.

Herr Camino saß am Cembalo und spielte mit der linken Hand immer wieder eine ähnlich klingende Tonabfolge. Jedes Mal brach er nach wenigen Tönen ab und schüttelte den Kopf. Ab und zu kritzelte er etwas auf ein Blatt Papier, nur um es gleich darauf zusammenzuknüllen und auf den Boden zu werfen. Irgendwann ließ er die Schultern hängen.

Raffael wollte sich gerade zurückziehen, als Herr Camino mit aller Kraft auf die Tasten schlug und in sich zusammensackte.

Dieselbe Szene wiederholte sich mehrere Tage in Folge. Am späten Nachmittag kam Herr Camino an, riss die Türen zur Veranda auf, setzte sich ans Cembalo und Raffael schlich in den Garten und sah und hörte dabei zu, wie Herr Camino verzweifelte.

Es war unerträglich. Jedes Mal fühlte Raffael sich schlechter, wenn er einen weiteren Zusammenbruch beobachtete. Dieser Mann war fast so was wie sein Vater gewesen. Freundlich und fürsorglich, mit einer unvergleichbaren Geduld. Und jetzt quälte er sich, etwas zu vollbringen, wozu er offenbar nicht in der Lage war.

Raffael hielt es nicht mehr aus.

F in Purpur

Die Erinnerungen drehten sich im Kreis. Bilder, Töne, Farben vermischten sich zu einem wirren Durcheinander, bis ich nichts mehr erkennen konnte. Mein Kopf war ein Brummkreisel auf zwei Beinen. Ich wollte nur noch ins Bett und die Augen schließen. Darauf warten, dass sich der Sturm legte und ich klarer sehen würde, bevor ich eine Entscheidung treffen musste.

Die Eingangstür von Winters Weiher war das rettende Schott. Ich zog sie hinter mir zu und sperrte die Außenwelt aus. Ein tiefer Atemzug und das Unwetter in meinem Kopf flaute ab. Die Klänge des Cembalos wurden klarer. Das war keine Erinnerung mehr. Sie wehten durch den Flur. *Dieses Stück …!*

Das Lied verwandelte Winters Weiher in einen Sumpf, der mich in die Tiefe zog. An einen anderen Ort, in eine andere Zeit. An einen düsteren Tag, an dem die Angst so groß gewesen war, dass ich sie nicht mehr hatte kontrollieren können.

Ich spürte Vaters Atem im Nacken, als ich ins Wohnzimmer ging, um mich dem Geist zu stellen. Den brennenden Schmerz auf den Händen. Die warme Nässe auf den Beinen und den damit einhergehenden säuerlichen Geruch.

Der Geist war Raffael, der am Cembalo saß und spielte, doch es klang wie mein Vater. Dieses verdammte *Präludium in C-Dur* und Rauchblau von Bach.

Ich war starr vor Angst. Genau wie damals. Nichts hatte sich verändert. Der Türschlüssel, den ich noch in der Hand hielt, entglitt meinen Fingern. Er prallte hart auf den Fliesen auf, eine klirrende Dissonanz. Fast ein F. Purpur. Wie Blut, das sich mit Wasser im Abfluss mischt.

Abrupt verstummte die Musik und Raffael riss die Augen auf. Er sprang auf. »Verdammt, ich muss die Zeit vergessen haben«, sagte er. »Ach shit, ich hätte nicht herkommen sollen. Es tut mir leid.«

In dem Moment war mir gleich, dass er einfach mein Haus betreten hatte. Dass er sich an Vaters Cembalo gesetzt hatte. Wenn ich ihn nicht erwischt hätte, wäre alles gut gewesen. Doch mit diesem Lied hatte er all meine Dämonen ans Tageslicht gezerrt und ein erschreckender Gedanke nahm in mir Gestalt an. »Woher kennst du dieses Stück?«, fragte ich.

»Katharine, ich wollte nie, dass du es so erfährst. Du musst mir glauben.«

Die Warnsignale waren alle deutlich zu sehen gewesen, doch ich hatte beschlossen, sie zu ignorieren. Wie dumm ich war. »Woher?«, fragte ich erneut. »Was verheimlichst du mir?«

Raffael wich meinem Blick nicht aus. »Er hat es mir beigebracht. Dein Vater. Er war mein Lehrer.«

Obwohl ich den LKW hatte kommen sehen, überrollte

er mich. »Das kann nicht sein.« Ich hörte mein eigenes Blut rauschen.

»Bitte, hör mir zu.« Er kam ein Stück auf mich zu und streckte eine Hand nach mir aus.

Ich wich zurück und versuchte, das alles aus meinem Kopf zu schütteln. Vergeblich. »Nach allem, was ich dir erzählt habe? Was ich dir anvertraut habe? Du hättest was sagen müssen.« Meine Stimme wurde immer lauter. Mein Puls raste.

»Ich wollte es dir ja erzählen. Am ersten Abend. Aber dann hat Maja angerufen.«

»Du hättest danach zig Gelegenheiten gehabt. Stattdessen quetschst du mich aus wie eine Zitrone –«

»Ich wusste nicht wie, okay? Ich hatte Angst, dass du dann nichts mehr mit mir zu tun haben willst.«

Wir starrten uns an. Und plötzlich sah ich ganz klar das Pulverfass, auf dem wir saßen. »Jetzt verstehe ich auch, warum du so dagegen warst, dass ich das Cembalo weggebe. Du wolltest es für dich selbst behalten.«

»Das ist nicht wahr. Es geht nur um dich. Du brauchst es. Ich kann alles erklären.«

Seine Worte drangen gar nicht mehr richtig zu mir durch. Die Lunte brannte. »Vermutlich hast du dich die ganze Zeit gefragt, ob es überhaupt stimmt, was ich dir erzähle.«

»Wieso hätte ich dir nicht glauben sollen?«

»Und dieses Lied, das du gerade gespielt hast … Warum ausgerechnet das?«

»Es war sein Lieblingslied.«

Ich explodierte. »Das ist das Lied, mit dem er mich

fast zerstört hat. Bei dem er mir diese Narbe verpasst hat.«

Raffael wurde kreidebleich. »Das wusste ich doch nicht«, stammelte er. »Wenn ich das gewusst hätte, hätte ich es doch niemals auf seiner Beerdigung gespielt.«

Die Schockwelle presste mir sämtliche Luft aus den Lungen. »Du warst auf seiner Beerdigung? Gibt es noch mehr, was du mir verheimlichst?«

»Katharine, bitte. Hör mir zu. Ich wollte dich nicht verletzen.«

»Hör endlich auf, mich so zu nennen. Ich hasse diesen Namen.« Den Namen, den *er* mir gegeben hatte.

»Kit, bitte -«

»Wie konnte ich nur so dumm sein, dir mein Innerstes anzuvertrauen? Gib mir meinen Schlüssel.«

»Was?«

»Ich habe dir vertraut. Und zum Dank bringst du mir all meine Dämonen zurück. Geh einfach. Ich kann das nicht mehr.«

Raffael zog einen Schlüssel aus der Hosentasche und legte ihn auf das Cembalo. Seine Hand zitterte. Dann ließ er mich allein. Allein mit mir, dem Pfeifen auf den Ohren und dem Cembalo.

Dem verfluchten Cembalo. Mehr als je zuvor wollte ich, dass es aus meinem Blickfeld verschwand. Es starrte mich höhnisch an, als ob es sich darüber lustig machte, dass mein Vater mich ersetzt hatte. Mit aller Kraft stieß ich gegen das Instrument. Drückte. Schob. Es löste sich. Ich warf mich mit meinem ganzen Gewicht dagegen und schob weiter. 75 Kilo rutschten lautlos über den Boden. Stück für Stück. Bis an die Wand.

Auf dem Sofa lag eine Decke. Ich breitete sie aus und warf sie über das Instrument. Endlich musste ich es nicht mehr sehen. Warum musste es überhaupt hier stehen? Wenn er es nie hergebracht hätte, wäre alles in Ordnung. Hätte ich es doch nur vorher gewusst. Wenn mich doch nur jemand hätte warnen können …

Mein Herz setzte einen Schlag aus und legte dann los wie ein Maschinengewehr. Augenblicklich hatte ich das Handy am Ohr, während ich das verhüllte Instrument beäugte und hoffte, dass es in Flammen aufging.

Das Freizeichen erklang in einer seltsamen Mischung aus Orange und Gold. Warum hatte man es nicht auf den Kammerton statt genau zwischen zwei Töne definieren können? Ich hasste es. Zum Glück wurde das Gespräch nach dreimal Rufen angenommen. »Wusstest du, dass das Cembalo hier ist?«, brüllte ich los.

»Schrei mich nicht an, Kind«, wies Mutter mich zurecht. »Wenn du etwas wissen willst, können wir uns wie zivilisierte Menschen unterhalten.«

»Wusstest du es?«, zischte ich, um eine ruhigere Stimmlage bemüht.

»Natürlich wusste ich es. Ein Cembalo verschwindet nicht einfach.«

Ich zerquetschte fast das Gerät in meiner Hand. »Und du hast es nicht für nötig gehalten, mir das zu sagen?«

»Es ist nur ein Instrument. Ich hielt es für unwichtig.«

»Warum steht es hier und nicht bei dir?«

»Ich glaube, dein Vater hat es nicht länger ertragen.«

Ich konnte ein abfälliges Lachen nicht unterdrücken. »Ist klar. Aber dass er hier war und Raffael unterrichtet hat, weißt du schon, oder?«

»Dein Vater hat nach dir nie wieder jemanden unterrichtet«, sagte Mutter mit Nachdruck.

»Tja, Raffael behauptet was anderes. Er klingt sogar wie Vater.«

Mutter schwieg eine Weile. »Ich habe mich immer gefragt, wo er hingefahren ist«, gab sie schließlich zu. »Aber wenn es ihm geholfen hat …«

»Kannst du dir nicht einmal Zeit für mich nehmen, mich fragen, was passiert ist, und mir einfach zuhören?«, flehte ich sie an.

»Katharine.« In einem Wort schwang die gesamte Ungeduld mit, mit der sie mir immer begegnet war, sobald ich mit ihr hatte reden wollen. »Wenn du wüsstest, was dein Vater alles durchgemacht hat –«

Ich ertrug es nicht länger. »Hör endlich auf, ihn in Schutz zu nehmen. Er hat mich jahrelang gequält.« Die Stille am anderen Ende war alles, worauf ich je gewartet hatte. »Er hat mich eingesperrt, in völliger Dunkelheit. Er hat mich Etüden exerzieren lassen, bis mein Kopf fast geplatzt ist. Er hat mit seinem verdammten Taktstock auf meinen Handrücken geschlagen, wenn ich einen Ton nicht zu seiner Zufriedenheit getroffen habe. Selbst als ich mir vor lauter Angst in die Hosen gemacht habe, hat er nicht nachgegeben.« Ich atmete laut in das Schweigen, gegen die Erinnerungen an, die mich zu übermannen drohten.

»Warum hast du nie was gesagt?« Mutters Stimme klang kraftlos und weit weg.

»Ich hab es doch versucht. Aber du hast mir nie richtig zugehört und mich sofort abgewimmelt, weil du keine Zeit hattest. Immer warst du mit anderen Dingen beschäftigt, die wichtiger waren. Wie die Veranstaltungen, auf denen du dich rumgetrieben hast, anstatt dich um mich zu kümmern und mich zu beschützen.«

Es fühlte sich gut an, es auszusprechen. Nicht mehr so viel Kraft aufwenden zu müssen, um einen Staudamm vor dem Bersten zu bewahren.

»Oh Gott, ich … Wenn ich das gewusst hätte …« Mutter fand keine Worte. Vielleicht zum ersten Mal in ihrem Leben.

»Dann was? Hätte es irgendwas geändert?«

»Natürlich, ich bin deine Mutter. Ich hätte alles für dich getan.«

»Außer zuzuhören«, stellte ich fest. »Warum war das so schwer für dich? Es hätte alles verändern können.«

»Ich wusste doch selbst nicht, wie ich mit der neuen Situation umgehen sollte.« Es war ein schales Argument, was nicht im Ansatz entschuldigen konnte, dass sie ihrer Aufgabe als Mutter nicht nachgekommen war.

Enttäuschung machte sich in mir breit. »Weißt du was, vergiss es«, sagte ich. »Ich möchte nicht länger darüber reden.«

»Aber du kannst doch so eine Bombe nicht einfach so platzen lassen.«

»Mach's gut.« Ich legte auf und schloss die Augen. Wenige Sekunden später vibrierte mein Handy und das Glockenspiel-D ertönte. Ich starrte auf das grell leuchtende Display, während der blaue Schimmer nachließ. Es war meine Mutter.

Es gongte erneut. Ein drängendes Signal, das ich im ganzen Körper spürte. Das Blau hüllte mich ein. Genau wie damals, als ich fast darin ertrunken war. Es war eine dumme Idee gewesen, das mit dem Klingelton. Ich stellte das Handy wieder auf stumm. Das Gerät brummte weiter. Farblos.

Dreimal versuchte Mutter es. Ließ es klingeln und klingeln. Dann gab sie auf und ein Kokon aus Stille hüllte mich ein.

♪♪♪

Ich musste raus aus dem Haus, das plötzlich um mich herum schrumpfte und mich mit meinen schlimmsten Erinnerungen einpferchte.

All meine Versuche, das Beste aus der Situation zu machen, waren gescheitert. Die Schlacht war verloren. Es war eine blöde Idee gewesen zu glauben, dass ich hier meinen Frieden finden könnte.

Ich stieg ins Auto und fuhr drauflos. Ohne Ziel und Verstand. Erst vor Majas Haustür begriff ich, dass ein Teil von mir offenbar wusste, was ich brauchte. Mein Weg hatte mich instinktiv zu der Person geführt, die, auch wenn sie mich nicht immer verstand, zumindest meine Gefühle akzeptierte und für mich da war.

Maja wohnte noch zu Hause, weswegen ich nicht überrascht war, dass ihre Mutter mir die Tür öffnete. Doch dass sie mich zur Begrüßung nur kurz drückte, aber kein Wort über Vaters Tod verlor, war eine willkommene Abwechslung. Hier musste ich keine Fassade aufrechterhalten.

Auf der Türschwelle zu Majas Zimmer blieb ich stehen. Die Türen zu ihrem Kleiderschrank standen offen, der Fußboden war unter einem Berg von Klamotten verschwunden. Im Hintergrund plärrte ein Popsong aus einem billigen Bluetooth-Lautsprecher, sodass die Farben in meinem Sichtfeld zu einem psychedelischen Bild verschwammen.

»Oh gut, du kommst gerade richtig. Hier, halt das mal.« Sie drückte mir mehrere Bügel mit Kleidern in die Hand und verschwand nach Narnia.

»Was ist denn hier los? Ist dein Kleiderschrank explodiert?«, fragte ich und stellte den Lautsprecher aus. Sofort ließ der Druck hinter den Augen nach.

»Irgendwo in diesem Raum befindet sich das perfekte Outfit und du wirst mir helfen, es zu finden«, tönte es aus dem Schrank und weitere Kleidungsstücke segelten zu Boden. Maja tauchte wieder auf und drehte sich zu mir um. Sie riss die Augen auf. »Was ist denn mit dir los? Du siehst aus, als hättest du ein Gespenst gesehen.«

»Mehrere«, sagte ich und bahnte mir einen Weg zum Sofa, das tapfer den Textilbergen standhielt. Angesichts der restlichen Unordnung hatte ich kein Problem damit, mir Platz zu verschaffen. Ich schob die Klamotten auf den Boden.

»Ha, da ist es ja«, rief Maja und stürzte sich auf ein Stück Stoff in der Farbe von Frühlingslaub, das in dem Berg zum Vorschein kam. »Was hältst du hiervon?«

»Die Farbe steht dir.«

»Sicher?« Sie hielt sich das Kleid vor die Brust und posierte vor dem Spiegel.

»Einer der Geister war übrigens mein Vater.«

»Ich wusste gar nicht, dass du auf Séancen stehst.«

»Haha, sehr witzig. Aber glaubst du, Geister können Besitz von den Lebenden ergreifen? Raffael hat vorhin wieder Cembalo gespielt und ich schwöre, er klang wie mein Vater.« Ich erzählte ihr alles, was sich in Winters Weiher abgespielt hatte, doch die erwartete Solidaritätsempörung blieb aus.

Maja zuckte mit den Schultern und wühlte sich weiter durch ihre Stoffhalde. »Du tust ja gerade so, als ob das alles böse Absicht war.«

»Kannst du denn gar nicht verstehen, dass ich mich verraten fühle? Ich hab ihm Dinge erzählt, die ich noch nie jemandem erzählt hab. Mit Ausnahme von dir und Stephan natürlich.«

»Ganz ehrlich, was hast du erwartet?«

»Er hätte es mir gleich sagen müssen.«

»Du kannst mir nicht sagen, dass du es dann weniger schlimm gefunden hättest. Vermutlich hat er geahnt, wie du reagieren würdest, und sich einfach nicht getraut, es dir zu sagen.«

»Und das findest du in Ordnung?«

»Auf jeden Fall nachvollziehbar. Du solltest das mit ihm klären. Er hat sich entschuldigt und versucht, es zu erklären. Das ist mehr, als du je von Stephan bekommen hast.«

Das saß. Und es war ganz und gar nicht, was ich hören wollte. Ich wollte einfach nur in Ruhe mit meiner Freundin sprechen und nicht den Kopf gewaschen bekommen. Vielleicht hatte sie mir nicht richtig zugehört, weil sie zu beschäftigt damit war, mit dem nächsten Topmodel zu konkurrieren.

»Apropos Stephan«, unternahm ich einen zweiten Anlauf. »Ich hab ihn vorhin wiedergesehen.«

Maja stieß sich den Kopf an ihrem Bett, unter das sie sich auf ihrer Suche geschoben hatte, und fluchte.

»Ist das dein Ernst?«, fragte sie und rappelte sich auf.

Das war eher die Reaktion, auf die ich gehofft hatte. Zufrieden lehnte ich mich zurück.

»Jetzt erzähl schon«, sagte sie.

»Ich weiß nicht, vielleicht sollten wir dir erst mal dein Outfit zusammensuchen.«

»Ach Quatsch, das kann ich später machen. Ich find schon was.« Sie ließ sich neben mir aufs Sofa fallen und starrte mich erwartungsvoll an. Endlich.

Ich berichtete ihr bis ins kleinste Detail, was vorgefallen war. Jeden Dialog, jede Mimik und jede Gestik beschrieb ich ihr und Maja hörte aufmerksam zu.

Während ich erzählte, breitete sich wieder die Unsicherheit in mir aus, die ich schon in der Oper verspürt hatte. »Ich versteh das einfach nicht«, schloss ich. »Monatelang kann ich an nichts anderes denken als daran, warum er wohl gegangen ist. Und jetzt, wo ich die Gelegenheit habe, es herauszufinden, zögere ich. Keine Ahnung, was ich tun soll. Was denkst du?«

»Ich finde es ziemlich offensichtlich, dass ein Treffen keine gute Idee ist.«

Majas überzeugte Haltung irritierte mich. Hatte ich etwas übersehen? »Okay«, sagte ich. »Warum?«

»Überleg doch mal: Was wird passieren, wenn du hingehst?«

»Ich bekomme Antworten.«

»Genau. Entweder hat dein Vater sich wirklich eingemischt. Dann wirst du in all deinen schlimmsten Annahmen über ihn bestätigt, die du eigentlich nicht glauben willst.«

Und bin dann allein mit Tausend neuen Fragen, fügte ich in Gedanken hinzu. »Und die andere Möglichkeit?«

Maja sah mich herausfordernd an. »Stephan ist ein Feigling, der sich einfach nicht getraut hat, persönlich Schluss zu machen.«

»Auf keinen Fall. Das glaub ich nicht.« Alles in mir sträubte sich bei dem Gedanken. Das würde man doch niemandem antun, den man liebt.

»In Ordnung. Nehmen wir an, Option eins ist wahr und dein Vater ist schuld. Wirst du dich nicht trotzdem fragen, warum Stephan nicht mit dir geredet und versucht hat, einen anderen Weg zu finden, um mit der Situation umzugehen?«

Die Zweifel wurmten sich in meinen Kopf. So vertraut. So giftig. Das Gleiche hatte Vater auch versucht. »Gib es zu, du konntest Stephan nie besonders leiden«, brach es aus mir heraus.

»Das hab ich nie gesagt.«

»All dein Drängen, ich solle mich anderweitig umschauen. Deine Sorge, dass ich es noch mal mit ihm versuchen wollen könnte. Deine Versuche, ihn schlecht dastehen zu lassen –«

»Ich bin einfach skeptisch, was ein 23-jähriger Mann von einem 16-jährigen Mädchen will.«

Da. Jetzt hatte sie es zugegeben. Ich war fassungslos. All die Jahre hatte sie nie etwas gesagt. Eine Welle der Enttäuschung brach über mir zusammen.

»Warum ist es so schwer zu glauben, dass er sich einfach in mich verliebt haben könnte?«, fragte ich.

Majas Miene wurde weich. Sie rutschte näher und griff nach meiner Hand. »Ich sag das doch nicht, um dich zu verletzen. Er stand einfach an einem ganz anderen Punkt in seinem Leben und ich hab den Eindruck, er hat von eurer Beziehung viel mehr profitiert als du.«

»So ein Quatsch. Stephan hat nie etwas von mir verlangt oder mich für irgendwas ausgenutzt.«

»Er war nur angehender Cembalist und hat die musikalisch hochbegabte Tochter des größten Cembalisten aller Zeiten unterrichten dürfen.«

Da war es schon wieder. Die Annahme, dass es nie um mich gegangen war. Genau wie mein Vater es behauptet hatte.

Ich entzog ihr die Hand. »Du kennst ihn gar nicht richtig.«

»Vielleicht irre ich mich auch. Aber du hast selbst gesagt, dass dich seine Einladung unsicher macht. Da hast du doch schon deine Antwort.«

Ich wandte mich von Maja ab und schwieg.

»Kit, bitte glaub mir, ich mach mir nur Sorgen, dass es dir hinterher schlechter geht.«

»Wieso sollte die Wahrheit schlecht sein?«, fragte ich nach einer Weile.

»Weil sie schwerer zu ertragen sein wird als die Unsicherheit, an die du dich mittlerweile gewöhnt hast. Das versuche ich dir die ganze Zeit zu erklären.«

»Und wenn ich die Wahrheit wissen will?«

»Du wolltest meinen Rat. Das heißt nicht, dass du ihn

annehmen musst. Aber dann beschwer dich nicht hinterher, dass es zu viel ist.«

Ich stand auf. »Ich überlass dich jetzt der Suche nach dem perfekten Outfit.« Eigentlich wollte ich ohne weiteren Kommentar abhauen. Doch ich konnte mich gerade noch bremsen. Maja meinte es bestimmt nur gut mit mir. Ich drehte mich noch einmal zu ihr um. »Falls du einen Rat möchtest: Zieh einfach an, worin du dich wohlfühlst. Dann strahlst du von selbst.«

Sie lächelte.

Bevor ich es mir anders überlegen konnte, fügte ich hinzu: »Danke, Maja. Ich denk noch mal drüber nach.«

G in Rotorange

Für eine Nacht kehrte ich in meine Wohnung zurück. Doch die Trostlosigkeit, die in jedem Winkel lauerte, erinnerte mich zu sehr daran, dass ich mich hier nie zu Hause gefühlt hatte. Das war viel schlimmer als das Gefühlswirrwarr, das mich in Winters Weiher auf Trab gehalten hatte. Und sagte Maja nicht immer, dass ich mich unangenehmen Situationen stellen sollte?

Mit neuer Entschlossenheit kehrte ich nach Winters Weiher zurück, wo ich den Rest des Wochenendes damit verbrachte, das Haus zu putzen. Es gab wenig, was ich mehr verabscheute, doch es lenkte mich verlässlich davon ab, mir Gedanken darüber zu machen, ob ich mich mit Stephan treffen wollte und wie ich mich Raffael gegenüber verhalten sollte.

Aus demselben Grund störte es mich nicht, dass ich in der folgenden Woche wieder Klavierunterricht geben musste. Die Beanspruchung meiner Synästhesie ließ keinen Raum für irgendetwas anderes. Hatte ich Sonntagabend noch vergeblich versucht, Maja zu erreichen, um sie zu fragen, wie ihr Date gelaufen war, fiel ich die nächsten Abende einfach nur todmüde ins Bett. Doch es war eine angenehme Erschöpfung. So anstrengend die Musikstunden für meinen Kopf manchmal waren, so stolz war ich darauf, wenn ich meinen Schülern dabei trotz allem zu einem Fortschritt verhelfen konnte. Es war eine überraschende und neue Erfahrung für mich, die ich wider aller Erwartungen genoss.

Am Donnerstagabend verbarg sich Winters Weiher bei meiner Ankunft in Nebelschleiern. Die plätschernde Melodie des Brunnens tauchte die Welt in Pastelltöne.

Wie passend, mein Wunschbrunnen spielte mir ein Schlaflied. Ich ging auf ihn zu und steckte die Hände in die Manteltaschen, um sie zu wärmen. Mit den Fingern stieß ich gegen ein Geldstück. Eine Einladung.

Warum eigentlich nicht? Ich zog die Münze hervor.

»Ist schon mal einer deiner Wünsche in Erfüllung gegangen?«

Ich hatte Raffael nicht kommen gehört, doch irgendwie überraschte mich seine Gegenwart nicht. Er stellte sich mit etwas Abstand neben mich an den Brunnen und starrte auf die Wasseroberfläche. In einem Augenblick so friedlich wie diesem und müde vom Tag spürte ich glasklar, wie gut sich Raffaels Nähe anfühlte. Ich wollte ihm nicht böse sein.

»Ich kann mich nicht mehr an meine Wünsche erinnern«, antwortete ich. »Sie waren wohl nicht besonders groß oder wichtig.«

Wir schwiegen und ich fragte mich, ob ich es könnte. Verzeihen, ohne nachtragend zu sein.

Es war Raffael, der das Schweigen brach. »Ich hätte es dir gleich sagen sollen.«

Mein Brustkorb zog sich zusammen. »Das hier sollte

mein sicherer Hafen sein«, sagte ich. »Am Freitag hab ich mich wie ein Eindringling gefühlt, vor dem alle Geheimnisse haben.«

Raffael kam ein Stück näher, bis sich unsere Arme fast berührten. Fast glaubte ich, seine Wärme zu spüren. Ich widerstand dem Impuls, mich an ihn zu pressen und in seinen Armen vor der Welt zu verstecken.

»Dann ist es vielleicht an der Zeit, dass ich ein paar Geheimnisse mit dir teile«, sagte er.

Ich betrachtete den Mann neben mir und die Wärme, die von ihm ausging, wurde stärker. *Ja,* schoss es mir durch den Kopf, *ihm könnte ich alles verzeihen.*

»Was für Geheimnisse?«, fragte ich.

Er schenkte mir ein breites Lächeln. »Wie wär's, wenn wir das auf morgen Abend verschieben? Du siehst aus, als ob du fast im Stehen einschläfst.«

»In Ordnung.« Ich schloss die Augen und warf die Münze in den Brunnen, wo sie sich zu meinen anderen Wünschen gesellte.

Ich wünsche mir, dass alles wieder gut wird.

»Ist schon mal einer deiner Wünsche in Erfüllung gegangen?«, fragte ich.

Raffael nickte. »Aber es hat viele Jahre gedauert.«

♪ ♪ ♪

Wie oft hatte ich schon gesnoozt? Vermutlich sollte ich langsam mal aufstehen. Zum Glück war Freitag. Morgen konnte ich wieder ausschlafen.

Mein Handy vibrierte. Vielleicht war das Maja. Mein Magen wurde zu einem einzigen sich windenden Aal. Ich hätte mich noch mal bei ihr melden sollen. Hoffentlich ging es ihr gut. Wenn das Date gut gelaufen wäre, hätte sie sich doch längst von sich aus gemeldet, oder nicht? Doch vom Display blinkte mir eine SMS von einer fremden Nummer entgegen. Wer schrieb denn heutzutage noch SMS?

Ich hoffe sehr, dass wir uns heute Abend sehen. Der Tisch ist für 18 Uhr reserviert. Ich würde aber auch die ganze Nacht auf dich warten. Stephan

Mein Gedankenkarussell, das ich die ganze Woche so gut im Griff gehabt hatte, sprang wieder an. Es beschleunigte von null auf hundert und mir wurde schlecht. Ich würde nicht darum herumkommen, eine Entscheidung zu treffen.

Unter der Dusche versuchte ich, ein wenig zu entspannen, doch das Shampoo lief mir in die Augen und brannte wie Hölle. Meine letzten Scheiben Toast waren angeschimmelt, sodass ich das Haus ohne Frühstück verließ. Und der Tee, den ich mir in einen Thermosbecher gefüllt hatte, stand einsam und verlassen in der Küche.

Noch nie zuvor hatte sich die Musikschule wie eine Zuflucht angefühlt. Ich sehnte die erste Klavierstunde herbei, um meinen Kopf zu beschäftigen. Doch meine Schülerin tauchte nicht auf. Dieser Tag hatte sich eindeutig gegen mich verschworen. Was sollte ich also tun?

Ich verkroch mich hinter dem Bildschirm, starrte ihn

an, ohne wirklich etwas zu sehen, und versuchte, den Zustand zu ergründen, der mich gefangen hielt.

Es dauerte eine Weile, bis ich begriff, dass es Angst war. Angst, wie ich sie seit meinem ersten Auftritt vor Publikum nicht mehr gespürt hatte.

Es war ein Konzert im Rahmen der musikalischen Früherziehung von Erstklässlern gewesen. Ich hatte mich übergeben, weil ich nicht gewusst hatte, was mich erwartete. Es war auch der Tag gewesen, an dem ich gemerkt hatte, dass ich etwas für Stephan empfand. Ich konnte immer noch spüren, wie sich seine Arme um mich schlossen. Das Kribbeln, das durch meinen Körper wanderte. Die Wärme, die mich einhüllte, und sein Herzschlag, der meinen beruhigte.

Eine Flut an Erinnerungen überschwemmte mich. Erinnerungen an Momente voller Zweisamkeit und Liebe.

War ich es dieser Liebe nicht schuldig, Stephan eine Chance einzuräumen, sich zu erklären? Und war ich es mir nicht schuldig, Antworten auf meine Fragen zu finden, damit sie mich nicht endlos weiter verfolgten?

Kaum dass sich dieser Gedanke festgesetzt hatte, kam ich zur Ruhe. Ich brauchte Antworten und durfte jetzt keinen Rückzieher machen aus Angst davor, was mich erwartete.

Der Rest des Arbeitstages verlief ereignislos. Ich unterrichtete, organisierte und plante, bis ich um 17:30 Uhr in aller Ruhe meine Sachen packte. Ich schrieb Maja, dass ich mich auf den Weg ins Lumière machte und dass wir unbedingt bald telefonieren müssten, weil ich wissen wollte, wie ihr Date gelaufen war. Dann fuhr ich los. So, wie ich war. In Jeans und Pullover.

Meine Entschlossenheit hielt an, bis ich auf den Eingang des Restaurants zuging. Es hatte sich nichts verändert. Die Lichterketten in den Hecken, das tanzende Kerzenlicht in den Fenstern, pure Romantik. Ich ärgerte mich über das Flattern in meiner Brust. Ich war doch kein kleines Mädchen mehr und das hier war kein Date. Was bezweckte Stephan überhaupt damit? Ihm musste doch klar sein, dass wir nicht ohne Weiteres dort weitermachen konnten, wo wir aufgehört hatten. Oder dachte er, dass Kerzen und Geigen mich gnädiger stimmen würden?

Ich betrat das Lumière. Die sanften Geigenklänge webten einen farbigen Schleier, der sich wie die Wogen der Polarlichter über meine Augen legte. Irgendwer hatte ein hervorragendes Gehör bei der Auswahl der Musik und der Anlage bewiesen. Deswegen war es damals das Restaurant unserer Wahl gewesen.

Der Kellner am Empfang musterte mich unverhohlen von Kopf bis Fuß und rümpfte die Nase. »Verzeihen Sie, wir sind heute vollkommen ausgebucht.«

Ein Blick in den Gastraum ließ mich das bezweifeln. Nur die Hälfte der Tische war belegt. »Das macht nichts, ich werde erwartet«, sagte ich und deutete auf Stephan, den ich bereits an unserem Tisch entdeckt hatte. Ich schenkte dem Kellner mein strahlendstes Lächeln und rauschte an ihm vorbei.

Stephan trug eine Weste über dem Hemd und warf einen Blick auf seine Taschenuhr. Dafür, dass er die ganze Nacht warten wollte, wirkte er ziemlich ungeduldig. Dabei war es erst fünf nach sechs. Als Stephan mich sah, stand er auf und zog mir einen Stuhl zurück.

Ich blieb stehen. Im Augenwinkel sah ich ein Paar, das

sich über den Tisch gebeugt an den Händen hielt und sich verliebte Blicke zuwarf.

»Möchtest du dich nicht setzen?«, fragte Stephan.

»Lieber nicht«, sagte ich.

Er sah verwirrt aus. »Ich dachte –«

»Lass uns woanders hingehen.«

»Aber –«

»Ich möchte mich gern mit dir unterhalten, nur nicht hier.« Ich drehte mich um und ging.

Im Vorraum schloss Stephan zu mir auf. »Das können wir doch nicht machen. Ich habe extra reserviert.«

»Vielen Dank für Ihre Gastfreundschaft«, sagte ich zu dem Kellner. »Ich denke, meine Garderobe ist tatsächlich etwas unangemessen.«

Sobald wir das Restaurant verlassen hatten, fühlte ich mich besser. Heute Abend konnte ich keine Erinnerungen an vergangene Zeiten gebrauchen, die mir das Hirn vernebelten.

»Was sollte das?«, fragte Stephan.

»Das da ist unsere Vergangenheit. Von der ich seit Monaten versuche, mich freizumachen.«

»Etwa auch von mir?«

»Du wolltest eine Chance, dich zu erklären, und ich habe viele Fragen. Neutraler Grund ist sicher die beste Voraussetzung.«

»Was schlägst du vor?« Es fiel ihm sicher schwer, die Führung abzugeben.

Sonst war ich diejenige gewesen, die mich nach ihm gerichtet hatte. Ich blickte die Straße entlang. Schräg auf der anderen Seite blinkte eine Neonreklame. »Bowling«, antwortete ich und zog Stephan mit mir, bevor er etwas sagen konnte. Heute durfte er mal seine Komfortzone verlassen. Und tatsächlich sah er in dem verrauchten Laden genauso fehl am Platz aus, wie der Kellner im Lumière es mir vermittelt hatte. Dafür war ich gern bereit, die grellen Lichter und die scheppernden Lautsprecher zu ertragen, auch wenn mein Kopf bereits in Synkopen zu den Techno-Beats pochte.

»Ich hab keine Ahnung, wie das geht«, sagte Stephan, während er sich die Schuhe anzog.

Ich hatte erwartet, dass er sich zieren würde. Er hatte auf mich nie den Eindruck gemacht, jemand zu sein, der bereit war, sich auf neue Dinge einzulassen. Und doch waren wir hier. »Ach, das macht nichts«, sagte ich. »Ich bin selbst nicht so gut.«

Ich zeigte ihm, wie man die Kugeln richtig hielt, und demonstrierte einen Wurf. Es fiel mir schwer, mich darauf zu konzentrieren, weil alles, was ich betrachtete, von pulsierenden Farbflecken überlagert wurde, die mit der flackernden Raumbeleuchtung um die Wette blinkten. Entsprechend polterte die Kugel auf die Bahn, schlingerte den Kegeln entgegen und rutschte deutlich vor dem Ziel ins Aus.

Stephan grinste. »Ich dachte, man muss die Kegel treffen.«

»Das mach ich immer so. Mein erster Wurf wird immer ein Pudel. Das lässt Luft nach oben.« Und tatsächlich, bei meinem zweiten Wurf erwischte ich immerhin fünf Kegel.

Gespannt sah ich zu, wie Stephan sich der Bahn näherte. Es war ein seltsames Bild, er in seinem steifen Aufzug mit einer Bowlingkugel in der Hand. Dazu die ungelenke Haltung. Entsprechend mager fiel sein erster Versuch aus. »Meine Lehrerin hat gesagt, man soll Luft nach oben lassen.«

Die erste Runde verbrachten wir damit, herauszufinden, wie man nicht daneben wirft. Mit meinem letzten Wurf schaffte ich sogar einen Strike. Die scheppernde Fanfare, die erklang, war ein schrilles G, dessen Rotorange mich für einen Moment blendete. Ich beschloss, dass es keiner Wiederholung bedurfte.

»Das bringt Spaß«, sagte Stephan. »Aber ich glaube, der Treffer war eher Zufall.«

Ich lachte. »Da spricht der Neid.«

»Sollen wir noch eine Runde spielen?« Er griff nach seinem Bier. Etwas schimmerte an seiner Hand.

Es war ein Ring. Aber nicht irgendeiner. Es war sein Verlobungsring. Ich erstarrte. Das Pochen in meinem Kopf war fast vergessen, die Farben traten in den Hintergrund. Hatte er ihn auch bei unserer letzten Begegnung getragen? Meine eigene Hand fühlte sich wieder seltsam nackt an. Es war mir unangenehm, obwohl es keinen Grund dafür gab.

»Auch ein Schluck?«, fragte Stephan und hielt mir die Flasche entgegen.

»Danke, ich bin mit dem Auto«, sagte ich und leerte mein Wasser in einem Zug. Dann startete ich das Spiel neu. Doch die Leichtigkeit der ersten Runde war verschwunden.

Es war an der Zeit, auf das eigentliche Thema des Abends zu sprechen zu kommen. »Was hast du in Italien gemacht?«, fragte ich das Erste, was mir durch den Kopf schoss, und holte zum Wurf aus.

»Ich hab an der ›Scuola Clavicembalo‹ gelernt.«

Der Knall in meinem Kopf klang genau wie die Kegel, die getroffen auseinanderstoben. »Das kann nicht sein. Es ist praktisch unmöglich, dort einen Platz zu bekommen.«

»Jahrelang sah es auch so aus. Ich bin nicht mal zum Vorspiel eingeladen worden.«

Ich konzentrierte mich auf die Kugel in meiner Hand, um die Kontrolle über meine Gedanken zu behalten, und warf zum zweiten Mal. Die kontrollierte Bewegung erdete mich. »Wieso hast du nie was erzählt?«, fragte ich, als ich Stephan Platz machte.

»Es war mir peinlich. Und du hast sie aus Prinzip bei jeder Gelegenheit schlechtgemacht, nur weil dein Vater dort gelernt hat.«

Das stimmte sogar. Ich konnte mich gut daran erinnern, wie schweigsam Stephan in solchen Momenten gewesen war. Doch ich sah noch etwas anderes vor mir und die Erkenntnis weckte den Vulkan. »Dein Kurzurlaub in Mailand war in Wirklichkeit dein Vorspiel. Deshalb wolltest du allein fliegen. Du hast mir die ganze Zeit was vorgemacht.«

»Ich habe nicht wirklich daran geglaubt, dass ich den Platz überhaupt bekommen würde. Und solange nichts entschieden war, wollte ich nichts sagen und Fragen über unsere Zukunft aufwerfen.«

Wie Eiswasser sickerte die Wahrheit durch meinen Verstand und verdampfte in der brodelnden Glut. Hatte Maja etwa recht gehabt? Ich wollte schreien. Stattdessen stellte ich mir vor, dass jeder Kegel Stephans Ge-sicht trug. Ich schleuderte die Kugel mit einer solchen Kraft auf die Bahn, dass der Aufprall mit den Kegeln über die

Anlage hallte. »Und als du dann deinen Platz hattest, war es leichter, mich einfach zu verlassen«, fasste ich zusammen und war stolz darauf, wie gelassen ich dabei nach außen blieb.

»Was? Nein! Als ich die Zusage hatte, wollte ich es dir sofort sagen. Und dann stand plötzlich dein Vater in meinem Zimmer.«

Also doch. Das Spiel war vergessen. Der Vulkan erlosch. Alles fühlte sich taub an.

»Ich hab keine Ahnung, wie er überhaupt von uns beiden erfahren hat«, fuhr Stephan fort.

»Er hat mein Tagebuch gelesen.«

»Oh.«

Das Tagebuch, vergessen im Wohnzimmer. Einmal nicht aufgepasst. Vaters Miene, maskenhaft. Die Stimme, emotionslos. »Du wirst ihn nicht wiedersehen. Er tut dir nicht gut. Er spielt mit dir.«

Ich hatte immer vermutet, dass er etwas mit Stephans Verschwinden zu tun gehabt hatte. Es hatte kein Zufall sein können, dass Stephan kurz darauf verschwunden war. Nur was genau vorgefallen war, das hatte ich bis heute nicht herausfinden können. »Was ist dann passiert?«, fragte ich.

»Er hat mir gedroht, dafür zu sorgen, dass sie meine Zusage zurückziehen, wenn ich nicht aus deinem Leben verschwinde.«

Ich setzte mich und wartete darauf, dass sich das altbekannte Entsetzen in mir ausbreitete. Dass sich das Unverständnis in mir regte, wie mein Vater mir so etwas hatte antun können. Doch da waren nur blinkende Lichter, scheppernde Musik, pochende Schmerzen hinter der

Stirn. »Glaubst du, er wäre wirklich so weit gegangen?«, fragte ich. Es kostete mich unglaubliche Mühe, mich auf unser Gespräch zu konzentrieren.

Stephan setzte sich neben mich. »Wir wissen beide, dass er den Einfluss gehabt hätte. Und ich hab mich nicht getraut, es darauf ankommen zu lassen. Nicht nach all den Jahren, die es mich gekostet hat, dort aufgenommen zu werden.«

»Du hast mich geopfert«, brach es aus mir hervor. Stephans Nähe war plötzlich unerträglich. Ich zerrte mir die Schuhe von den Füßen. Nicht eine Sekunde länger wollte ich mit ihm in diesem Laden bleiben.

Er folgte mir. »Versteh doch, wenn ich für dich geblieben wäre, wäre es unser Ende gewesen. Irgendwann hätte ich dir vorgeworfen, dass ich für dich meinen Traum aufgegeben hätte.«

Ich warf die Schuhe und etwas Bargeld auf den Tresen und hielt alles zurück, bis wir im Freien standen. Meine Wunden fühlten sich wieder frisch an. Herz am Spieß. »Aber eine Textnachricht? Mehr war ich dir nicht wert?«, schrie ich ihn an, um nicht heulen zu müssen. Stephan streckte eine Hand aus. Ich wich zurück. Sein Gesicht spiegelte den Schmerz, den ich fühlte. Ich begriff gar nichts mehr.

»Es hat mich so schon fast zerrissen«, sagte er. »Ich hätte nicht ertragen, dich weinen zu sehen, und wäre schwach geworden. Das Risiko konnte ich nicht eingehen.«

Dieses Mal blieb ich stehen, als er sich mir näherte. Wenn er jetzt die Hand ausstreckte … Würde seine Berührung genauso kribbeln wie früher?

»Ich wollte nicht gehen«, fuhr er fort. »Nicht ohne dich. Ich hab nur keinen anderen Ausweg gesehen. Ich hab mir geschworen, zurückzukommen und dich zurückzugewinnen.«

Mein Herz blutete immer noch. Und es bebte wie verrückt. Blödes Herz. »Du hättest mir vertrauen müssen, dass wir zusammen eine Lösung finden, anstatt über meinen Kopf hinweg zu entscheiden«, sagte ich.

Stephan überwand die letzte Distanz zwischen uns. Wir standen direkt voreinander. »Ich weiß. Und das werd ich mir nie verzeihen.« Er strich mir eine Haarsträhne aus der Stirn.

Ich spürte kaum mehr als einen Windhauch. Ich wollte mehr davon. Ich wollte nichts. Ich wusste nicht, was ich wollte. »Ich hatte immer geglaubt, dass wir es zusammen schaffen, uns gegen meinen Vater durchzusetzen«, sagte ich.

»Ich auch. Aber ich habe unterschätzt, wie skrupellos er sein kann.« Es war Stephans erstes Eingeständnis dieser Art. Er war immer für mich da gewesen, hatte mir alles geglaubt. Aber er hatte nie ein schlechtes Wort über meinen Vater verloren.

Wir schwiegen und sahen uns an. Er war so nah. Seine Nähe weckte eine Sehnsucht, die mich lange verfolgt hatte. Der vertraute Geruch seines Eau de Toilettes lockte meine Erinnerungen. Jede seiner Berührungen hatte sich tief in mir eingebrannt.

»Du hast mir gefehlt«, wisperte ich und tauchte tief in diese Augen ein, die mich voller Wunder anblickten, als könnten sie ihr Glück kaum fassen.

»Du hast mir auch gefehlt.« Seine Worte legten sich

wie Balsam auf meine Wunden. Wie leicht es sein konnte, ein wenig Linderung zu erhalten.

Plötzlich war Stephan so nah, dass ich seinen Atem auf den Lippen spürte. Wollte ich das wirklich?

Seine Hand streifte meine Wange. Ich lehnte mich der Berührung entgegen. Dann grub er seine Finger in meine Haare und zog mich an sich. Seine Lippen waren glühend heiß. Voller Verlangen. Fordernd. Es fühlte sich vertraut an. Und doch …

Ich löste mich und legte die Hände auf Stephans Brust. Ich wollte ihn anlächeln. Es gelang mir nicht.

»Ich habe nie aufgehört, dich zu lieben«, sagte er.

Wie häufig ich mir gewünscht hatte, diese Worte zu hören. Wie sehr ich mich danach gesehnt hatte.

Es war nichts mehr davon übrig. Stattdessen fühlte ich das Echo der Leere, mit der Stephan mich alleingelassen hatte. Ich wusste nicht weiter. »Gib mir Zeit«, sagte ich und wünschte mir, gehen zu können.

Stephan machte einen Schritt zurück und lächelte. Dieses Lächeln kannte ich. Ein Lächeln, bei dem sich die Grübchen auf seinen Wangen zeigten und sein ganzes Gesicht zum Strahlen brachten.

»Was immer du brauchst«, sagte er.

Ich drehte mich um und ging. Sein Blick verfolgte mich. Erst als ich ins Auto stieg und mich noch einmal nach ihm umsah, hob er die Hand zum Gruß und verschwand dann selbst in die Dunkelheit.

In der Sicherheit meines Autos atmete ich durch. *Mein Vater ist schuld,* hämmerte es in meinem Kopf. *Stephan liebt mich noch immer. Das ist es doch, was ich wollte.*

Doch der Kuss hatte sich nicht so angefühlt wie die

Küsse, nach denen ich mich nachts gesehnt hatte. Könnten sie das überhaupt jemals wieder? In mir tobte ein Sturm aus den unterschiedlichsten Empfindungen, bis die Antworten, die ich gesucht und gefunden hatte, ein einziges Chaos waren.

Ich griff nach dem Handy. Maja hatte nicht auf meine Nachricht reagiert. Ich wählte ihre Nummer. *Blöde Idee,* schoss es mir durch den Kopf. Noch vor dem ersten Freizeichen legte ich auf. Sie hatte mich gewarnt. Ich musste selbst versuchen, damit klarzukommen.

Ich startete den Motor und fuhr los. Ein stetiges Pochen hinter meiner Stirn machte es mir schwer, mich auf den Verkehr zu konzentrieren. Die Lichter der Straßenlaternen blendeten mich. Vielleicht wäre es besser gewesen, die Ungewissheit zu ertragen. Maja hatte mal wieder recht behalten.

In Winters Weiher stieg ich aus und sah in den Himmel. Über mir strahlten die Sterne um die Wette und ließen mich hier unten einsam fühlen.

Bei Raffael brannte noch Licht.

Diludium

Nach zwei Wochen beschloss Raffael, aus seinem Versteck hervorzukommen. Während Herr Camino sich durch die immergleichen Passagen mühte, blieb Raffael in der Verandatür stehen. Es dauerte nicht lange, bis Herr Camino ihn bemerkte. Er erstarrte in seinen Bewegungen. Ihre Blicke trafen sich.

Raffael versuchte, sich seine Angst nicht anmerken zu lassen. Er würde es verstehen, wenn Herr Camino ihn anbrüllen und rausschmeißen würde. Aber etwas sagte ihm, dass dieser Mann Hilfe brauchte, und er ertrug es nicht länger, untätig dabei zuzusehen, wie dieser Mann sich selbst quälte.

»Was willst du hier?«

»Ich kann Sie spielen hören.«

Herr Camino lachte gequält auf. »Spielen nennst du das. Diese Hand ist völlig nutzlos ohne die andere.« Er knüllte das Papier zusammen, auf dem er zuvor noch geschrieben hatte, und schmiss es Richtung Wand. Kraftlos fiel es zu Boden.

»Trotzdem versuchen Sie es.« Raffael machte einen Schritt auf den Mann zu, der hinter dem Cembalo saß und seine Schultern hängen ließ.

»Ich muss«, flüsterte er.

A in Gold

»Was willst du?« Raffael machte keine Anstalten, beiseitezutreten, und musterte mich mit einer Kälte, die ich nie zuvor bei ihm erlebt hatte.

Was hatte das zu bedeuten? Unschlüssig verlagerte ich mein Gewicht von einem Fuß auf den anderen und überlegte, ob ich wieder gehen sollte. Doch selbst seine eisige Miene war einladender als die Einsamkeit des Herrenhauses. »Kann ich reinkommen?«

»Reichlich spät, findest du nicht?« Er verschränkte die Arme vor der Brust. »Ich hab dich vor Stunden erwartet.«

Oh nein. Wir waren verabredet gewesen. »Das tut mir so leid. Ich hab es voll vergessen.«

»Hab ich gemerkt.« Er hatte eine undurchdringliche Maske aufgesetzt, die so abweisend war, dass ich mich in meinen Teil von Winters Weiher zurückschleichen sah.

Nein, ich würde das aus der Welt schaffen. »Es war keine böse Absicht. Ich hab nicht daran gedacht, dass ich schon eine andere Verabredung hatte.«

»War dein Date wenigstens gut?«

Ich fühlte mich ertappt. Meine Lippen kribbelten unangenehm.

Raffael schnaubte abfällig. »War ja klar. Was hab ich eigentlich erwartet?«

Mir schossen Tränen in die Augen. Ich hatte ihn nicht verletzen wollen. Das war mein Treffen mit Stephan nicht wert gewesen.

Ich fühlte mich hilflos. Eine Träne rollte über meine Wange, ich wischte sie weg. »So sollte das nicht laufen«, sagte ich. »Wirklich nicht. Ich hab nicht darüber nachgedacht. Mein Abend war so verwirrend und ich wollte dich einfach sehen.« Die Worte sprudelten aus mir raus, genau wie die Tränen.

Kurz darauf fand ich mich in einer Umarmung wieder. »Möchtest du die Überraschung sehen, die ich für dich vorbereitet hatte?«, fragte Raffael.

»Das hab ich nicht verdient.«

Er ließ mich los. Augenblicklich vermisste ich seine Wärme.

»Stimmt. Aber du willst mich doch nicht umsonst geschuftet haben lassen, oder?« Er grinste und holte eine Jacke aus der Wohnung. »Komm«, sagte er. »Wir müssen ein Stück gehen.« Er griff nach meiner Hand und zog mich den Baumreihen entgegen. Ins Dunkel.

Mit der eingeschränkten Sicht schärften sich meine anderen Sinne. Der Wind strich kühl über mein Gesicht, der Wald roch nach feuchtem Moos und überall knackte und raschelte es.

Raffael bahnte uns einen Weg durch das Unterholz mit der Sicherheit jahrelanger Übung. Er warnte mich vor Wurzeln, die im Weg waren, und schob Geäst beiseite, bevor es uns das Gesicht zerkratzte. Ich verlor jede Orientierung und doch spürte ich weder Angst noch Unsicherheit.

Nach einer Weile blieben wir stehen und er ließ mich los. »Wo sind wir?«, fragte ich.

»Schließ die Augen und warte noch einen Moment.«

Die schattigen Umrisse verschwanden, während ich nach Raffaels Bewegungen lauschte. Er schien sich von mir zu entfernen.

Plötzlich veränderte sich die Dunkelheit vor meinen Augen. Sie wurde heller. Als ob Raffael irgendwie Licht gemacht hätte.

»Du kannst die Augen wieder aufmachen«, sagte er.

Ich blinzelte. Da war tatsächlich Licht. Und Konturen, die Gestalt annahmen. In den Bäumen vor uns hing mein Baumhaus. Oder das, was mal mein Baumhaus gewesen war. Nur dass es jetzt viel größer war. Es waren mehrere Hütten, die durch Hängebrücken miteinander verbunden und von Lichterketten erleuchtet waren. Auf den Dächern wehten Fahnen. Ich wusste nicht, wo ich zuerst hingucken sollte. »Wie im Märchen«, sagte ich.

»Gefällt es dir?«

Ich konnte nur nicken, während ich auf die Treppe zuging. Eine Treppe. Sogar mit Handlauf. Er fühlte sich ganz glatt an. Vorbei die Tage, an denen ich mit der Strickleiter zu kämpfen gehabt hatte. Es war unglaublich. »Aber wie … Und wann?« Mir wollte kein richtiger Satz gelingen.

»Ich hatte viel Zeit die letzten Jahre, während ich darauf gewartet habe, dass du wieder nach Winters Weiher kommst und es dir ansehen kannst.«

Die Worte drangen wie durch einen Nebel zu mir

durch. In Gedanken war ich Lichtjahre entfernt. An meinem zehnten Geburtstag, den wir in diesem Baumhaus verbracht hatten und an dem ich Raffael erzählt hatte, dass ich wünschte, das Baumhaus sei ein Palast.

»Du hast das für mich gemacht?« Ich drehte mich zu ihm um.

Er lächelte und zuckte mit den Schultern.

Wärme breitete sich in mir aus. Einmal anpiksen und mein geschmolzenes Inneres würde zerfließen wie ein Schokoladensoufflé.

Hätte ich doch unsere Verabredung nicht vergessen und wäre heute Abend direkt hierhergekommen. In der Luft lag eine Ahnung von unzähligen Möglichkeiten, nach denen ich nur hätte greifen müssen. Vielleicht war es noch nicht zu spät.

Ich stieg die Stufen empor und betrat die erste Hütte. Raffael folgte mir, während ich mich umsah. Es war die Hütte, in der wir damals übernachtet hatten. An der Rückwand waren die Sterne zu erkennen, die ich ins Holz gekratzt hatte, um Papas Alusterne aus meinem Zimmer nicht zu vermissen. Es war Raffaels Idee gewesen.

Die bittersüße Erinnerung verblasste, als ich mich der Hängebrücke zuwandte. Ich griff nach den Seilen und machte einen ersten Schritt. Sie schwankte, doch die Neugier trieb mich weiter.

Die Hütte auf der anderen Seite war größer. Auf dem Boden stand ein Korb mit ein paar Knabbereien, einer Weinflasche und zwei Gläsern. Eine Ecke war mit Kissen und Decken ausgepolstert.

»Es ist wunderschön geworden«, sagte ich.

»Ich dachte, wir könnten es uns gemütlich machen

und reden. So wie früher. Na ja, plus den Wein.« Raffael schenkte uns beiden ein und reichte mir ein Glas.

»Was ist in den anderen Hütten?«, fragte ich.

»Ich fürchte, für heute musst du dich mit dieser Station zufriedengeben. Ich kann doch nicht alle meine Geheimnisse bei der erstbesten Gelegenheit preisgeben.«

Wir stießen an. Die Gläser erklangen in einem A, das die Umgebung in goldene Schleier tauchte und eine wohlige Gänsehaut über meine Arme jagte. »Du willst doch nur, dass ich wiederkomme«, sagte ich.

»Und mich der Gefahr aussetzen, wieder versetzt zu werden? Ich weiß ja nicht.«

»Das wirst du mich nicht so schnell vergessen lassen, oder?«

Er lachte. »Natürlich nicht. Aber ich würde vielleicht mit mir reden lassen.«

Ich spürte, dass er mir nicht mehr böse war. Doch ich spielte mit. »Okay, was muss ich dafür tun?«

Raffael zog die Decke zur Seite und setzte sich zwischen die Kissen. »Erzähl mir, was heute Abend passiert ist.«

Wie gemein. Ihm musste doch klar sein, dass mein schlechtes Gewissen mich zu einer Antwort nötigen würde. Ich ärgerte mich über den Gedanken und schob ihn beiseite.

Tief durchatmen und ruhig bleiben. Es war Raffael, der vor mir saß. Der mir einen Baumpalast gebaut und sicher keine bösen Absichten hatte. Bestimmt wollte er nur dafür sorgen, dass es mir besser ging. Wie immer.

Er hielt einladend die Decke hoch und ich setzte mich zu ihm. Wir berührten uns nicht, doch seine Nähe war greifbar. In der warmen Luft unter der Decke, in seinem Geruch von Sommerregen und Kiefernholz. Ich spürte das Verlangen, näher zu rutschen.

»Es war wirklich ein Date, oder?«, unterbrach Raffael meine Gedanken.

»Warum interessiert dich das?«

»Pure Neugier.«

Er war so entwaffnend ehrlich, dass ich nachgab. »Ich habe mich mit Stephan getroffen«, sagte ich.

»Deinem ehemaligen Cembalolehrer?«

»Wir waren verlobt.«

»Verlobt? So jung? Muss er nicht deutlich älter sein als du? Was haben deine Eltern dazu gesagt?«

Meine Lippen verzogen sich zu einem gequälten Lächeln. Das waren genau die Fragen, die ich von meinen Eltern erwartet hatte. Stattdessen …

»Nichts«, sagte ich.

Raffael sah mich ungläubig an und nicht zum ersten Mal dachte ich, wie schön es gewesen wäre, wenn der Altersunterschied und die frühe Verlobung unsere größten Probleme gewesen wären.

Ich lehnte mich zurück, bis ich mit dem Kopf gegen die Wand stieß, und fuhr fort: »Vielleicht hätte Mutter etwas gesagt, aber bevor wir eine Gelegenheit hatten, darüber zu sprechen, hat Vater alles kaputtgemacht.« Ich wappnete mich für den Schmerz, der mich so häufig überkam, wenn ich daran zurückdachte. Doch die Leere in mir fühlte sich nicht mehr so tief und dunkel an wie früher. Nur noch dumpf. Und ein wenig taub. Wie ein eingeschlafener Arm. Wann war das passiert?

»Du hast gesagt, ihr *wart* verlobt?«, fragte Raffael mit einer seltsamen Betonung auf der Vergangenheitsform.

Bildete ich mir das ein oder klang seine Stimme hoffnungsvoll? Ich schluckte und sprach es aus: »Stephan hat mich vor einem Jahr ganz plötzlich verlassen. Er ist einfach verschwunden.«

»Wozu dann das Treffen heute?«

»Er ist wieder da. Ich wollte Antworten.«

»Und?«

»Ich hatte gehofft, dass es eine Erklärung gibt«, brach es aus mir heraus. »Dass es vielleicht doch nicht an meinem Vater lag, obwohl alles danach aussah. Aber es war so. Mein Vater hat damals gedroht, Stephans Karriere zu zerstören, wenn er nicht verschwindet. Also ist er gegangen.«

Raffael trank einen Schluck und machte keine Anstalten, etwas zu sagen. Er sah mitgenommen aus.

»Glaubst du, dass er es getan hätte?«, fragte ich.

»Ich weiß nicht. Glaubst du es?«

»Ich will es nicht glauben. Aber ich hätte mir auch nie vorstellen können, dass er sich so verändern könnte, wie er es getan hat.« Ich umklammerte das Glas mit beiden Händen und konnte die Worte nicht zurückhalten, die als Nächstes folgten: »Aber selbst wenn er es ernst gemeint haben sollte, ist es so dumm von mir zu wünschen, dass mein Verlobter um mich und unsere Zukunft kämpft?« Ich schloss die Augen. Es half ein wenig dabei, das eisige Gefühl in Schach zu halten. Als ob ich dadurch die Realität aussperren könnte.

»Hier ist nur einer dumm. Und das bist nicht du.« Raffael breitete eine zweite Wolldecke über uns aus und rutschte so nah, dass sich unsere Arme und Beine berührten. »Liebst du ihn noch?«, fragte er.

Eigentlich hätte die Antwort leicht sein sollen. Eindeutig. Doch das Wort wollte mir nicht über die Lippen kommen. »Keine Ahnung. Aber er hat mir gefehlt. Und ich hab gelitten ohne ihn.«

»Und wie geht es jetzt weiter?«

»Er will noch eine Chance. Er hat mich geküsst.«

Raffael verkrampfte sich. »Die viel wichtigere Frage ist: Was willst du?«

»Dass alles so sein könnte wie früher«, flüsterte ich. Meine Stimme so zerbrechlich wie der Wunsch, von dem ich wusste, dass er sich nie erfüllen würde.

»Ich weiß nicht, ob ich der Richtige bin, dir in der Situation zu helfen. Auch wenn ich es gern würde.«

»Du tust es schon die ganze Zeit«, sagte ich.

Stille legte sich über uns und eine Leichtigkeit breitete sich in mir aus, wie ich sie zu Beginn des Abends nicht für möglich gehalten hatte. Raffaels Anwesenheit machte irgendwie alles erträglicher. Leichter.

Vielleicht war es an der Zeit …

»Kann ich dich auch ein paar Dinge fragen?«

»Na klar.«

Das war die Gelegenheit. »Wie häufig war er hier?«

Raffael sah mich überrascht an. »Bist du sicher, dass du heute auch noch über deinen Vater reden willst?«

Nein. War ich nicht. Und doch …

»Es wird nie einen passenden Zeitpunkt dafür geben. Und Stephans Verschwinden ist so eng mit meinem Vater verbunden. Du bist der Einzige, der mir vielleicht noch ein paar Dinge beantworten kann.«

»Was ist mit deiner Mutter?«

»Hab ich schon versucht. Sie wusste nicht mal, dass er hier war.«

»Das ist ziemlich traurig. Er war so oft hier. Manchmal sogar jeden Tag.«

Ich hatte es wissen wollen. Aber ich hatte nicht erwartet, dass es wehtun würde. »Bei mir war er nicht ein einziges Mal.« Meine Stimme brach.

»Warst du denn mal bei ihm?«

Musste er das wirklich fragen? Er kannte die Antwort. Trotzdem schüttelte ich den Kopf.

»Warum nicht?«, fragte er.

»Weil ich gewartet habe, dass er zu mir kommt.«

»Du bist genauso stur wie er.«

»Heißt das, er hat gewartet, dass ich zu ihm komme?« Zorn flammte in mir auf, bis ich sah, dass Raffael lächelte. Als ob er einer Erinnerung nachhängen würde.

»Nein. Aber er war stolz.«

Ich stellte das Weinglas zur Seite, weil ich fürchtete, das zerbrechliche Material zwischen meinen Händen zu pulverisieren.

Es war viel schwerer, als ich erwartet hatte. Und doch wollte ich mehr. Mehr Antworten. Vordringen zu den wirklich wichtigen Fragen.

Raffael hatte so viel Zeit mit ihm verbracht. Zeit, die ich in diesem Augenblick wünschte, selbst gehabt zu haben. »Wenn er hier war, war er allein? Oder warst du bei ihm?«

»Ich bin häufig nach der Arbeit rübergegangen.«

»Also habt ihr euch gut verstanden? Du musst es mir

nicht erzählen«, schob ich hinterher, als Raffael zu zögern schien.

»Das ist es nicht. Ich weiß nur nicht, wie ich das beantworten soll.« Er schwenkte scheinbar gedankenverloren sein Glas und stellte es plötzlich zur Seite. »Was möchtest du wirklich wissen?«

Ich fühlte mich ertappt. Und erleichtert, nicht mehr überlegen zu müssen, wie ich mich am besten den Fragen näherte, die ich mir verboten hatte, seit ich von Raffaels Nähe zu meinem Vater erfahren hatte. »Hat er mal über mich geredet? Hat er dir irgendwas davon erzählt, was zwischen uns vorgefallen ist?«

»Würdest du es mir glauben, wenn ich dir sagte, dass es ihm leidtat und er sich entschuldigen wollte?«

»Vermutlich nicht.«

»Warum dann fragen?«

Seine Augen hielten mich gefangen. Sie waren voller Wärme, sodass ich nicht anders konnte, als ernsthaft über die Frage nachzudenken.

»Vielleicht, weil ich immer noch hoffe, dass mich jemand davon überzeugen kann, dass es einen Grund für sein Verhalten gab.«

»Niemand wird dich davon überzeugen können, solange du nicht selbst daran glaubst, dass es diese Erklärung geben könnte.«

Ich wusste, dass er recht hatte. Und zum ersten Mal verschloss ich nicht die Augen davor. Trotzdem fragte ich nach: »Er hat also nie von mir geredet?«

»Nein.«

»Und du hast auch nie nach mir gefragt?«

»So war unser Verhältnis nicht.«

»Wie dann? Was habt ihr die ganze Zeit gemacht?«

»Musik. Einfach nur Musik.«

So wie wir es früher getan haben, schoss es mir durch den Kopf. Musik war unsere Sprache gewesen.

»Er hat mich gebraucht«, fügte Raffael nach einem Moment hinzu. »Ich wollte nur helfen.«

Ob ich es wollte oder nicht, das konnte ich ihm nicht übel nehmen. So war Raffael. Deswegen mochte ich ihn.

»Ich hätte *ihn* gebraucht, aber durch den Unfall war er für mich verloren«, sagte ich.

»Er hat sich selbst verloren.«

Treffender hatte es noch nie jemand beschrieben. Doch es klang traurig und voller Mitleid. Es war mir unangenehm. So wollte ich es nicht sehen.

Ich wollte etwas sagen, irgendwas, doch Raffael kam mir zuvor: »Eigentlich komisch. Obwohl wir kaum geredet haben, vermisse ich ihn.«

Ich beobachtete ihn. Er wirkte entspannt. Sein Lächeln war echt. Er strahlte eine Ruhe aus, die mich ein Stück weit friedlich werden ließ. »Was genau vermisst du?«, fragte ich schließlich.

»Er wirkte nie besonders glücklich. Doch wenn ich für ihn gespielt habe, wirkte er fast … befreit? Das hat mich berührt.«

Vielleicht war meinem Vater etwas gelungen, was mir bisher nicht gelungen war. Tränen brannten in meinen Augen.

»Katharine?«

Ich schüttelte den Kopf und versuchte, meinen Atem ruhig zu halten.

Raffael legte einen Arm um mich und machte mit seiner Hand kreisende Bewegungen auf meinem Rücken.

Wie eine Sandburg im Ansturm der Wellen fiel ich in mich zusammen. »Er fehlt mir.« Ich ließ zu, dass Raffael mich in seine Arme zog. Er war der Deich, der dem Sturm der Wellen trotzt. Der Trost, den ich in seinen Armen fand, schenkte mir eine Geborgenheit, die es mir ermöglichte, mir meinen Schmerz einzugestehen. »Warum tut es so weh, dass er nicht mehr da ist?«

»Weil du ihn liebst.«

Ich schüttelte den Kopf.

»Doch. Du liebst ihn trotz allem. Weil er dein Vater ist«, sagte er.

Ich ließ die Tränen frei.

Die Zeit zog dahin. Raffael hielt mich. Jener Mann, der meinem Vater in den letzten Monaten näher gewesen war als ich. Ich wollte ihn von mir stoßen und ihn gleichzeitig enger an mich ziehen. Wie ich ihn beneidete, obwohl ich es nicht wollte. Wie ich mir nur einen Bruchteil der Nähe wünschte, die Raffael hatte erfahren dürfen und die ich seit Vaters Unfall so vermisst hatte. Könnte ich mich doch weiter in meiner Wut verkriechen und meinen Vater hassen. Aber ich wusste nicht mehr wie.

»Es wird alles gut«, sagte Raffael.

Seine Gegenwart war wie ein prasselndes Kaminfeuer im tiefsten Winter. Ich vertraute ihm. »Ich weiß nicht, wie ich abschließen soll.«

»Lass mich helfen.« Raffael lockerte die Umarmung und sah mich an.

Ich war lange nicht mehr so angesehen worden. Raffael sah mich. So, wie ich war. Und dann tat ich etwas

Unglaubliches: Ich beugte mich vor und presste meine Lippen auf seine. Ich wollte mehr. Mehr Nähe. Mehr Geborgenheit. Seine weichen Lippen, die sich an meine schmiegten, ließen alles andere für einen Augenblick in Vergessenheit geraten. Ein warmes Kribbeln breitete sich bis in meine Fingerspitzen aus.

Doch dann löste sich Raffael von mir. Er ließ mich los, rutschte bis ans andere Ende der Hütte. »Was sollte das?«, fragte er.

Er funkelte mich an und ich verstand nicht warum. Ich verstand nicht einmal, was passiert war.

Raffael fuhr sich mit einer Hand über das Gesicht. »Ich habe keine Lust auf Spielchen.«

»Was denn für Spielchen?«

»Du hast dich vorhin mit einem anderen Mann getroffen. Himmel, ihr wart verlobt und offenbar hast du noch nicht mit ihm abgeschlossen. Und jetzt küsst du mich? Was willst du eigentlich? Ich mag dich. Sehr sogar. Aber ich werde nicht dein Lückenbüßer sein.«

Ich spürte, wie mir die Schamesröte ins Gesicht schoss. Wollte etwas erwidern. Mich verteidigen. Doch ich fand keine Worte. Weil es der Wahrheit entsprach.

Ich wühlte die Decke beiseite und sprang auf. Ertrug es nicht, länger in seiner Nähe zu sein. Von diesem vorwurfsvollen Blick durchbohrt zu werden.

»Es tut mir leid.« Es kostete mich Überwindung, überhaupt etwas zu sagen.

Dann stürzte ich davon, über die Brücke und die Treppe hinab. Lief zurück in meine eigenen vier schützenden Wände, wo mich Raffaels Blicke nicht verfolgen konnten.

Die Einsamkeit, vor der ich vorhin noch geflohen war, war jetzt mein sicherer Hafen. *Nur weg hier!*

Ich schämte mich abgrundtief.

♪ ♪ ♪

Ich wälzte mich die ganze Nacht hin und her, weil mein Kopf nicht zur Ruhe kommen wollte. Mir war furchtbar unangenehm, was passiert war.

Bilder von Stephan und Raffael wechselten sich ab, untermalt mit einem tosenden Farborkan, weil mich passend zu meiner Weltuntergangsstimmung Wagners *Ritt der Walküren* heimsuchte. In meiner Erinnerung verschmolzen Ereignisse von vor Jahren mit denen der vergangenen Tage. Ich versuchte, mich davon zu überzeugen, dass mich die Sehnsucht nach Nähe überkommen hatte. Dass ich Raffael geküsst hatte, weil er da gewesen war. Doch dafür schmerzte die Zurückweisung zu sehr. Ob ich es wollte oder nicht, ich hatte mich zu ihm hingezogen gefühlt.

Jetzt war ich verwirrter als je zuvor. Was hatte das alles zu bedeuten? Was wollte ich? Und wie hing das mit meinem Vater zusammen? So musste sich Ertrinken anfühlen, weit und breit kein Land in Sicht. Und mein Kopf gab keine Ruhe. Was nutzte mir die Stille von Winters Weiher, wenn mein seltsames Gehirn seinen eigenen Soundtrack zu meinem Leben auspackte? Etwas, das schon lange nicht mehr geschehen war.

In meiner Verzweiflung rief ich Maja an. Mitten in der Nacht. Und natürlich ging sie ran. Maja hatte mich noch nie im Stich gelassen. Ich erzählte ihr von meinem Abend. Sie unterbrach mich nicht. Gab nicht ein Geräusch von sich. Es hätte mir gleich seltsam vorkommen müssen.

»Ich habe dir von Anfang an gesagt, dass es eine Schwachsinnsidee ist, sich mit Stephan zu treffen«, war das Erste, was sie sagte.

»Ja, du hattest recht. Und? Das hilft mir jetzt auch nicht weiter«, sagte ich.

»Ich hab dir gesagt, dass es eine dumme Idee ist und dass du nicht wieder zum Jammern ankommen sollst, wenn es schiefgeht.«

Wenn ich gehofft hatte, dass meine beste Freundin mir helfen würde, hatte ich mich wohl geirrt.

»Schatz, was ist denn los?«, erklang plötzlich eine fremde Stimme im Hintergrund.

»Wer ist da bei dir?«, fragte ich.

»Das wüsstest du, wenn du mir zuhören würdest.«

»Es ist Kit, oder?«, fragte die fremde Stimme. »Kann die nicht zu einer normalen Zeit anrufen? Komm wieder ins Bett.«

»Ja genau, würg deine beste Freundin ab, weil irgendein Typ schlafen will«, sagte ich.

»Hörst du dir eigentlich selbst zu? Leon ist nicht irgendein Typ, sondern mein Freund. Von dem ich dir übrigens bereits erzählt habe.«

Ich hätte nicht anrufen sollen. Eine verschlafen, die andere übermüdet. Das konnte nicht gut gehen. Ich musste irgendwie einen Ausstieg aus dem Gespräch finden.

»Es tut mir leid, Maja. Es geht mir grad nicht gut. Ich wollte dich nicht damit belasten.«

»Aber genau das ist das Problem. Du kommst nur noch, wenn es dir nicht gut geht. Andere Menschen interessieren dich gar nicht. Wann hast du mich das letzte Mal gefragt, wie es mir geht? Oder mir einfach mal zugehört?«

Ihre Worte trafen mich wie Peitschenhiebe. Und sie war noch nicht fertig.

»Ich hab keine Kraft mehr. Alles dreht sich nur um dich. Es ist nur noch anstrengend.«

Meine Hand krampfte sich um das Handy. »Was soll das heißen?«

»Vielleicht solltest du dich erst wieder melden, wenn du eine Freundin suchst und keinen Kummerkasten.«

Maja legte auf. Das hatte sie noch nie gemacht. Was sollte ich tun? Ein Teil von mir drängte mich, es abzuhaken und zu vergessen. Maja in die Reihe von Leuten einzureihen, auf die ich wütend war, und mir einzureden, dass ich im Recht war. Aber das war nicht so einfach. Nicht bei Maja. Sie hatte mich gewarnt und ich hatte nicht gehört. Ich hatte es tatsächlich geschafft, es wieder zu vermasseln.

Ich wählte erneut ihre Nummer und ließ es klingeln. Ertrug das schrille Freizeichen in seiner unerträglichen Frequenz irgendwo zwischen Gis und A, obwohl es sich wie eine grellorange Lanze in meinen Kopf bohrte. Als die Mailbox ranging, legte ich auf und wählte erneut. War ich wirklich eine so lausige Freundin gewesen?

Das schlechte Gewissen breitete sich mit einem flauen

Gefühl in der Magengegend aus und beantwortete die Frage.

Was, wenn sie nichts mehr mit mir zu tun haben wollte? Was, wenn es ihr wirklich zu viel war?

Maja ging immer noch nicht ans Telefon. Auch nicht, als ich es ein drittes Mal versuchte. Es erinnerte mich an eine andere Situation, die genauso abgelaufen war. Nur mit vertauschten Rollen.

So musste sich meine Mutter gefühlt haben.

Gis in Orange

Der Tag brach genauso an, wie ich mich fühlte: ziemlich bescheiden. Ein verhangener, trüber Himmel, eine klamme Kälte und die Aussicht auf ein Unwetter luden dazu ein, im Bett zu bleiben. Doch ich stand draußen und wartete auf den Regenschauer, der mir den Kopf waschen würde, während *Mars, der Kriegsbringer* von Holst eine drohende Kulisse schaffte, als säße ein ganzes Orchester vor mir.

Ich war so unfassbar dämlich. Das schaffte auch nur ich, in kürzester Zeit allen vor den Kopf zu stoßen, die mir wichtig waren. Selbst Maja, die mich genau davor gewarnt hatte, hatte ich verprellt. Ich war drauf und dran, alles zu verlieren. Irgendwie musste ich dieses ganze Chaos lösen. Eine kalte Dusche und los. Vielleicht würde dann auch diese verfluchte Musik in meinem Schädel verstummen. Der Regen ließ jedoch auf sich warten.

Mein Handy vibrierte. Es war eine SMS von Stephan.

Danke für den schönen Abend.

Die Nachricht machte mich wütend. So richtig den Bach runtergegangen war alles erst, als er wieder aufgetaucht war und mein Gehirn in Zuckerwattenfluff verwandelt hatte.

Wobei, eigentlich war ich auf mich selbst wütend und nicht auf ihn. Ich hätte mich nicht mit ihm treffen müssen. Wenn ich das Schlamassel lösen wollte, musste ich mich auch abschließend mit Stephan auseinandersetzen. Was war an ihm überhaupt so besonders, dass mir regelmäßig in seiner Nähe der Verstand flöten ging?

Ich öffnete den Browser auf dem Handy und tippte seinen Namen ein. Sofort sprang mir sein Bild entgegen. Dieses aalglatte Gesicht, das die verletzliche Künstlerseele signalisierte. Ihn so auf dem Bildschirm betrachtend, verstand ich nicht mehr, warum ich mich von ihm hatte küssen lassen wollen.

Ich scrollte weiter durch die Trefferliste. Offenbar hatte er sich mittlerweile einen Namen gemacht. Was ein Jahr an einer renommierten Schule ausmachen konnte.

In einem der Treffer tauchte der Name meines Vaters auf. Wie hing das zusammen? Ich klickte auf den Link und landete auf einer Unterseite der »Scuola Clavicembalo«. Es war ein Porträt zu Stephans Werdegang.

Ich überflog den Text und suchte nach Vaters Namen. Es war ein einziger Satz: *Die Einladung zum Vorspiel an die Scuola erfolgte auf die persönliche Empfehlung unseres ehemaligen Absolventen Nestor Camino hin; ein Ritterschlag, der seinesgleichen sucht.*

Das Handy glitt mir aus der Hand und knallte auf den Boden. Fluchend hob ich es auf. Der Artikel leuchtete mir vom unversehrten Display entgegen.

Hier stimmte etwas nicht. Mit keinem Wort hatte Stephan die Empfehlung erwähnt. Aber Vater. Vater hatte mir gesagt, dass Stephan von Anfang an auf seine Referenz aus gewesen war. Und niemals hätte Vater danach an der Scuola zurückrudern können, ohne an Ansehen einzubüßen. Das musste Stephan gewusst haben. Oder war sogar alles gelogen?

Ich zwang mich, tief ein- und auszuatmen und keine voreiligen Schlüsse zu ziehen. Vielleicht gab es eine Erklärung. Auf die war ich wirklich gespannt.

Wann können wir uns treffen?, schrieb ich Stephan eine Nachricht und stellte das Handy laut, um seine Antwort nicht zu verpassen. Die SMS – ein blaues Ping – kam, während ich duschte. Ich machte mich in Ruhe fertig, bevor ich nach dem Handy griff.

Um 12 in der Oper? Habe Probe. Freu mich.

Die Zeit verflog, der Himmel wurde düsterer, die Wolken schwerer, und schon war ich auf dem Weg in die Oper. Meine Füße fanden von selbst den Weg bis in den Zuschauerraum. Ich kam genau richtig. Der letzte Ton – ein Gis – verhallte gerade, sodass ich noch einen Hauch von Orange wahrnahm.

Anstatt die Spannung nach dem letzten Ton aufrechtzuerhalten, sprang Stephan direkt auf. »Hätte jetzt endlich mal jemand die Güte, das Licht vernünftig einzustellen? Wie oft muss ich das noch sagen?«

Ich ging auf die Bühne zu, die Schritte hallten durch den Raum. Sofort hatte ich Stephans Aufmerksamkeit.

Seine finstere Miene wich einem strahlenden Lächeln. Es wirkte aufgesetzt. »Kit, da bist du ja«, sagte er und setzte sich wieder ans Cembalo. »Manchmal habe ich das Gefühl, ich bin nur von Amateuren umgeben.«

Es war, als würde ich Stephan zum ersten Mal sehen.

Passend zu seinem Boyband-Gesicht trug er jetzt auch die Starallüren der ganz Großen. Er war nur noch eine hübsche Hülle. Sämtliche Reste von Anziehung verkümmerten an Ort und Stelle und mein Teenager-Ich zog sich beschämt in die entlegenste Ecke meiner selbst zurück.

Ich stieg auf die Bühne und ignorierte Stephans Geste, mich zu ihm zu setzen. »Ich an deiner Stelle wäre netter zu den Leuten. Du stehst noch ganz am Anfang deiner Karriere.«

Er starrte mich eine Weile an. »Vielleicht hast du recht. Am besten übernimmst du das, sobald wir gemeinsam auf der Bühne stehen.«

Ich war mir nicht sicher, ob ich richtig gehört hatte. »Wovon redest du?«

»Wenn wir wieder zusammenkommen, können wir doch auch wieder zusammen Musik machen.«

»Das wird nicht passieren.«

»Das mit der Musik? Oder das mit uns?«

War er wirklich so naiv oder tat er nur so? Ich schwieg und wartete darauf, dass er es begriff. Es war ihm deutlich anzusehen, als es so weit war.

»Du bist hier, um mit mir Schluss zu machen?«, fragte er.

»Wir sind schon lange kein Paar mehr.«

»Aber gestern –«

»Gestern hat nichts bedeutet und ich will da auch nicht weiter drüber reden.«

»Kit, wir sind das perfekte Team. Wir könnten die größten Säle der Welt füllen, wenn wir zusammen Musik machen.« In einer fließenden Bewegung ließ er einen

Schwung Farbe von den Saiten des Cembalos sprühen. Ich war so überrascht, dass ich mich nicht rühren konnte.

Stephan richtete sich kerzengrade auf, rollte mit den Schultern und atmete tief ein. »Wir sind die neue Ära am Cembalo.«

Als er seine Finger auf die Tasten senkte, wurde mir eiskalt. Es war nicht nur der silbrige Klang des Cembalos, den ich nicht ertrug. Der eine bunte Klangwelt erzeugte, die wie die Farbkomposition eines Impressionisten daherkam. Es war auch das Lied, das sich tief in mich bohrte.

»Erinnerst du dich, wie schön es war?«, sprach Stephan weiter. Seine Finger tanzten virtuos über die Tasten.

Ich hatte es immer geliebt, ihm zuzuhören und zuzusehen. Aber nicht jetzt. Jetzt folgte ich jeder seiner Bewegungen. Sah das Rot und Purpur der Leidenschaft unserer gemeinsamen Nächte, den goldenen Kerzenschein im Lumière, die grüne Hoffnung auf eine Zukunft als Ehepaar. Und ich sah, dass seine Hände nackt waren. Der Ring, den er gestern noch getragen hatte, den er früher niemals abgelegt hatte, er fehlte.

»So könnte es wieder sein«, sagte Stephan. »Du und ich, das Ehepaar Camino.«

Und ich verstand. Das Lied, unser Lied, es sprach von Sehnsucht und Liebe. Einer Liebe, die nie echt gewesen war. Alles eine Illusion, in der es nie um uns beide gegangen war, sondern um eine schillernde Zukunft im Rampenlicht. Seine Zukunft mit meinem Namen. Vater hatte recht gehabt. »Ich weiß von der Referenz«, sagte ich.

Stephan hörte abrupt auf zu spielen. »Es ist nicht so, wie du denkst.«

»Ach nein? Du wolltest nicht über mich an meinen

Vater rankommen? Zu blöd, dass ich die Beziehung geheim halten wollte. Ich versteh nur noch nicht, warum du das Spiel so lange mitgespielt hast.«

»Das war kein Spiel. Ich liebe dich.«

»Und wo ist dann der Ring, den du gestern noch getragen hast?«

»Ich muss ihn abgenommen haben –«

»Hör auf, mich für dumm zu verkaufen. Mein Vater hat mich noch vor dir gewarnt. Und dann ist irgendwas zwischen euch vorgefallen. Also, was ist passiert?«

Wir starrten uns an. Ich würde nicht nachgeben, bis er es mir sagte.

Schließlich wich Stephan meinem Blick aus. »Ich hab die Zusage der Scuola direkt nach meinem Vorspiel bekommen«, sagte er.

»Aber das waren Monate, bevor du gegangen bist.«

»Dein Vater wusste von der Zusage. Irgendwann hat er von uns erfahren und davon, dass du offenbar nicht wusstest, dass ich nach Italien gehen würde. Er hat mich besucht, als ich gerade dabei war, mein Zimmer im Wohnheim auszuräumen.«

Jegliche Energie schwand aus meinem Körper. Er hatte es mir nicht sagen wollen. Er hatte die ganze Zeit vorgehabt, heimlich zu verschwinden.

»Dein Vater hat mir gesagt, er hätte eine einzige Frage und wenn ich die nicht beantworten würde, würde er sich an die Scuola wenden, ganz gleich, was das für seinen Ruf bedeutet hätte.«

»Was war die Frage?«

»Was ich getan hätte, wenn ich keine Referenz von ihm bekommen hätte.«

Ich ahnte, was seine Antwort gewesen war. Doch ich musste es wissen. Ich musste es mit meinen eigenen Ohren hören. »Und was hast du ihm gesagt?«, fragte ich.

»Dass ich dich dann geheiratet hätte.«

Die Worte ätzten alle guten Gefühle weg, die ich ihm gegenüber einmal empfunden hatte, bis nur noch Gift und Galle übrig waren. Nie hatte ich mich so schmutzig gefühlt, wie in diesem Augenblick.

»Er hat mir geraten, mich von dir fernzuhalten, wenn mir meine Karriere lieb ist«, sagte Stephan.

Ich ballte die Fäuste. Der ätzende Cocktail in meinem Inneren brodelte vor sich hin. »Das war noch viel zu nett von ihm.«

»Was kümmert es dich? Du hast selbst gesagt, das mit uns ist lange vorbei.«

»Du mieses Arschloch, du hast mich jahrelang benutzt und mir was vorgespielt. Du warst mein erster richtiger Freund. Wenn ich darüber nachdenke, was ich dir alles gegeben habe, wird mir schlecht.«

»Ich habe dich zu nichts gezwungen.«

Meine Hand war schneller als mein Verstand. Sie sauste durch die Luft und fand ihr Ziel. Das klatschende Geräusch und Stephans überraschter Blick erfüllten mich mit Genugtuung. »Komm mir noch einmal zu nahe und ich zeig dir, wie viel Gewicht der Name Camino auch nach Vaters Tod noch hat. Dann wirst du dir wünschen, uns niemals begegnet zu sein.«

Mit dem letzten bisschen Würde, das ich noch hatte, rauschte ich davon, bevor mich die Kraft endgültig verließ. Im Foyer begannen meine Augen zu brennen. Wieder im Freien, liefen die Tränen über. Nicht wegen

Stephan. Er hatte meine Tränen nicht verdient. Sondern wegen der Erkenntnis, die mich unter ihrem Gewicht zerquetschte.

Ich hatte Vater für etwas verantwortlich gemacht, was nicht seine Schuld gewesen war, und jetzt war es zu spät, um es in Ordnung zu bringen. Plötzlich fehlte er mir mit der Kraft einer Naturgewalt.

♪ ♪ ♪

Es war früher Nachmittag und doch hätte man glauben können, es wäre später Abend. Der Himmel hatte sich zugezogen und die düstere Wolkendecke erdrückte die Erde.

Auf dem Weg nach Hause begann es zu regnen. Erst war es nur ein vereinzelter Tropfen, der auf die Windschutzscheibe fiel, doch schnell wurde daraus ein stetiges Prasseln, das mich in seinen Bann zog. Genau wie die *Regentropfen-Prélude* von Chopin, die ich mir wieder und wieder von Vater hatte vorspielen lassen. Wie von selbst zog der bunte Reigen an meinen Augen vorbei, während die Noten durch die Stille perlten wie die Tropfen auf der Scheibe.

In Winters Weiher angekommen, rannte ich durch den strömenden Regen zu Raffaels Wohnung. Ich klingelte. Wartete. Nichts geschah. Obwohl Licht brannte.

Ich klingelte erneut. Vergeblich. Wollte er mich ignorieren? Ich hämmerte gegen die Tür, ohne Unterlass, bis sie schließlich aufgerissen wurde.

»Spinnst du? Was ist dein Problem?«

»Spiel für mich!«

»Wovon redest du?«

»Bitte spiel für mich Cembalo.« Meine Schuhe waren mittlerweile durchnässt. Die Haare klebten im Gesicht. Es war kalt.

Raffael sah mich an, als ob ich wahnsinnig wäre. Es war mir egal. Dann schlug er mir die Tür vor der Nase zu.

Zu den Regentropfen auf meinem Gesicht mischten sich Tränen. Ich wollte ihn doch nur einmal spielen hören. Einmal noch Vaters Klang hören. Rauchblau sehen. Ihm einmal noch nahe sein.

»Raffael, bitte hilf mir«, rief ich und hoffte, dass er mich hörte. »Ich weiß nicht weiter.« Zaghaft klopfte ich gegen die Tür und wartete. Wartete in Stille. Wartete viel zu lange im strömenden Regen.

Die Tür wurde geöffnet und Raffael kam mit einem Regenschirm heraus. Er legte seinen Arm um meine Schulter und führte uns beide um das Haus herum zum Haupteingang.

»Danke, Raffael. Ich –«

»Ich hab noch nicht Ja gesagt. Zieh dir erst mal was Trockenes an und dann reden wir.«

Er saß im Wohnzimmer, als ich wieder hinunterkam. Doch mein Blick blieb am Cembalo hängen, das unter einer Decke versteckt am Ende des Raums stand.

»Also, was ist los?«, fragte Raffael.

»Ich möchte, dass du für mich spielst.«

»Warum?«

Ich hielt inne. Warum tat ich das? Ich wusste es nicht genau. Es war ein inneres Gefühl, endlich dem nachzugeben, wonach ich mich schon lange sehnte.

Als ich nichts sagte, fragte Raffael: »Was erhoffst du dir davon?«

Das war einfacher. »Einen Abschied.« Ich hoffte, dass es mir leichter fallen würde, wenn ich die Musik meines Vaters noch einmal hörte.

»Bist du dir sicher, dass es eine gute Idee ist?«

»Nein. Aber wegzulaufen hat mir auch nichts gebracht.« Ich merkte, wie seltsam es klang, das zu sagen. Immerhin hatte ich am vorigen Abend die Flucht ergriffen, nachdem ich Raffael geküsst hatte. Doch Raffaels Miene wurde weicher.

»Was soll ich spielen?«, fragte er.

»Etwas, das du meinem Vater oft vorgespielt hast.« Ich setzte mich aufs Sofa, während Raffael das Cembalo von der Decke befreite und Platz nahm. Meine Handflächen wurden schwitzig.

Er richtete sich auf, die Hände schwebten über den Tasten und eine dunkle Vorahnung breitete sich in mir aus. Das Gefühl, dass wir etwas heraufbeschworen, was sich nie wieder würde wegschließen lassen.

Ich lauschte. Zuerst waren da nur das Prasseln des Regens und der Wind, der an den Türen und Fenstern rüttelte. Die Klänge schlichen sich an, genau wie die Farben. Mussten sich erst durchsetzen gegen die stürmische Kulisse. Und dann hörte ich die glasklaren Klänge des Cembalos über alles andere hinweg, die Töne unangenehm vertraut.

Jede angeschlagene Saite ließ meinen Körper erbeben. Klänge und Farben fügten sich zu einer Melodie zusammen, die einst einen Schlusspunkt markiert hatte. Die Melodie eines Augenblickes, an den ich nie wieder hatte denken wollen. Eine Melodie, die eigentlich nicht existierte.

Mein Puls schoss in die Höhe und jeder klare Gedanke verschwand aus meinem Kopf. Die Welt versank in einem Flammenmeer, das mich verzehren wollte. Ich konnte das nicht.

»Bitte hör auf.« Meine Stimme war so kraftlos, dass ich sie kaum hörte. Ich presste die Hände auf meine Ohren. Kniff die Augen zusammen. Es half nichts. Es gab kein Entkommen. »Hör auf. Hör auf. Bitte hör auf.« Ein Mantra. Irgendwann würde es enden. Es musste enden.

Es endete. Nur noch meine eigene Stimme schwebte durch den Raum. Ich verstummte.

Raffael saß neben mir auf dem Sofa und sah mich hilflos an. So, wie ich mich fühlte.

»Ich versteh das einfach nicht. Wie kann das sein?« Ich presste die Hände auf meine Oberschenkel, um sie am Zittern zu hindern.

»Rede mit mir. Was ist los?« Raffael berührte meine Schulter. Die Wärme gab mir etwas, auf das ich mich konzentrieren konnte.

»Dieses Stück …« Ich versuchte, die Atmung zu beruhigen. Einfach atmen.

»Was ist damit? Er hat mir nie gesagt, warum es ihm so wichtig war.«

Ich schloss die Augen, kämpfte gegen den Schmerz, der mich zu überkommen drohte. Der Schmerz, den ich immer empfand, wenn ich mich zu nah auf diese eine Erinnerung zubewegte. Doch das war es, was ich gewollt hatte. Dieses Mal würde ich nicht zurückschrecken.

Ich griff nach Raffaels Hand. »Dieses Stück. Ich habe es komponiert.«

Tradimento

Ich schmiss das Handy zu Boden. Glas splitterte. Das Display erlosch. Ich schrie mit aller Kraft den Schmerz hinaus, der mich zu ersticken drohte.

Maja stürmte in die Küche. »Was ist los?«

»Ich muss sofort nach Hause.«

»Beruhig dich erst mal und sag mir, was passiert ist.«

»Stephan hat grad per Textnachricht Schluss gemacht. Einen Tag nachdem mein Vater von unserer Beziehung erfahren hat. Und ich soll mich beruhigen?«

Sieben Worte, die vor meinen Augen verschwammen. Die in meinem Kopf tosten: Es ist besser, wenn wir uns trennen. *Ein Tsunami, der an Kraft gewann und auf mich zuraste.*

Maja griff nach meiner Hand. »Ich fahre dich«, sagte sie. Wie ein Anker verhinderte sie, dass ich im Strom aus Schmerz davongerissen wurde.

Wir fuhren durch die leeren Straßen. Mit jedem Baum, dessen Schatten über uns hinwegzog, beschleunigten sich die Bilder in meinem Kopf, die an mir vorbeirauschten und mir ein Szenario schlimmer als das vorherige offenbarten.

Als wir ankamen, zitterte ich so sehr, dass ich zwei Versuche benötigte, um die Autotür zu öffnen.

»Ich warte«, rief Maja mir hinterher.

Ich stürmte die Auffahrt entlang und hämmerte gegen die Glasscheibe der Haustür. Klirrend ging das Glas zu Bruch. Warum machte niemand auf? Ich suchte nach dem Schlüssel und fummelte ihn ins Schloss.

Als ich die Tür endlich geöffnet hatte, kam meine Mutter. »Katharine, oh Gott. Du blutest!«

Ich registrierte nur am Rand, was sie sagte. Gefangen in meiner Panik lief ich an ihr vorbei. Eilte auf Vaters Arbeitszimmer zu und stieß die Tür auf. Sie krachte gegen die Wand. Es hätte lauter sein dürfen.

Mein Vater fuhr in seinem Sessel zusammen und warf das Wasserglas um, das vor ihm stand.

»Was hast du getan?« Ich lief um den Schreibtisch herum und schubste ihn. Stieß ihn mit aller Kraft vor die Brust. Doch er wehrte sich. Er griff nach einem meiner Handgelenke und hielt es so fest umklammert, dass es wehtat.

Wir starrten einander an. Ich weigerte mich, diesen kalten und lieblosen Augen noch einmal nachzugeben. Der letzte Funken Mitleid war endgültig verschwunden. So sehr ich auch suchte, ich fand nichts mehr außer glühend heißem Zorn und einer giftigen Abscheu, die mich von innen heraus verzehrten.

Da breitete sich ein höhnisches Lächeln auf seinem Gesicht aus. »Hat er dich also verlassen, wie ich es von Anfang an gesagt habe.«

Ich riss mich los. Auf seinem Hemd hatte ich rote Spuren hinterlassen. »Sag mir endlich, was du getan hast!« Mit jedem Wort wurde ich lauter. Der Wahnsinn lauerte zu allen Seiten und kam näher.

Vater lehnte sich im Sessel zurück und hob eine Augenbraue. Mehr Regung hatte ich lange nicht von ihm bekommen.

»Es wird Zeit, dass du endlich begreifst, wie viel Gewicht unser Name hat. Das ist für viele der eigentliche Reiz.«

»Nein. Nicht bei Stephan. Er liebt mich.«

»Und wo ist er jetzt, dein Stephan? Er hatte nie vor, bei dir zu bleiben. Es ging ihm von Anfang an nur um meinen Namen. Die Referenz, die ich ihm geben konnte, wenn er dich unterrichtet. Du bist nur eine Station in seinem Lebenslauf.«

Ich wich zurück. »Warum? Warum tust du mir das an?«

»Was, dass ich dir die Wahrheit sage? Wach auf. Es ist nur zu deinem Besten. Jetzt kannst du dich voll und ganz auf deine Karriere konzentrieren. So wie er es auch von Anfang an vorhatte.«

»Meine Karriere?«, zischte ich und versuchte, das Zittern unter Kontrolle zu bekommen. Vergebens. »Meine Karriere?«, schrie ich und schlug dabei mit der flachen Hand auf den Schreibtisch. Blutstropfen spritzten umher.

»Katharine, wir sollten ins Krankenhaus fahren«, versuchte er, mich zu unterbrechen.

Ich schrie noch lauter: »Es ist meine Karriere, nicht deine! Halt dich da raus!«

»Ich bin dein Vater.«

»Du bist nur ein alter Krüppel, der nicht akzeptieren kann, dass seine großen Tage vorbei sind.«

Ich wusste nicht, wie mir geschah. Plötzlich stand Vater vor mir, wutschnaubend, das Gesicht zornerfüllt. Ein brennender Schmerz schoss durch meine Wange. Ich taumelte und fasste mir instinktiv ins Gesicht.

Noch nie hatte ich ein solches Verlangen gespürt, jemandem körperlich wehzutun, wie in diesem Moment.

Die Stille zwischen uns war zum Zerreißen gespannt. Wir sahen uns an und ich sah nichts weiter als einen Fremden, der mir alles genommen hatte, was mir wichtig war. Ich wusste, was zu tun war.

Ich stürmte zum Musikzimmer und ließ dabei jede Tür auf dem Weg krachen. Wie gern hätte ich mich dem Wahnsinn ergeben. Einfach alles Denken und Empfinden abschalten.

Vor dem Cembalo kam ich zum Stehen. Dieses Instrument war an allem schuld. Wie viel Qual konnte ein Mensch ertragen? Ich wusste nur eins: Ich hatte genug gelitten. Jetzt wollte ich jemand anderem Schmerzen zufügen.

Da hörte ich meinen Vater hinter mir zur Tür reinkommen.

»Du willst, dass ich Cembalo spiele?« Ich setzte mich an das Instrument. Mein Magen krampfte sich augenblicklich zusammen. »Dann hör jetzt genau zu. Zum ersten Mal in meinem Leben spiele ich nur für dich.«

Ich begann zu spielen, hieb mit aller Gewalt in die Tasten, stellte mir vor, wie das Cembalo vor Schmerz aufstöhnte. Wie er *aufstöhnte, weil er die Farben nicht ertrug, die ich spielte, wie er sie nie hatte sehen wollen. Feuerblau. Vor allem dieses beschissene Feuerblau, das er mir hatte herausprügeln wollen.*

Ich entrang dem Instrument Disharmonien, dass es in den Ohren schmerzte. All mein Zorn, meine Abscheu und mein Schmerz über diesen Verrat entluden sich in einer Symphonie des Terrors. Es entsetzte mich, dass dieses sanfte Instrument so animalisch klingen konnte. Es war wieder mein Feind geworden: das Symbol für die Tyrannei, der ich in all den Jahren ausgeliefert gewesen war.

Mit Stephan hatte ich die Liebe zu dem Instrument wiedergefunden. Ohne ihn war diese Liebe nur eine weitere Erinnerung daran, dass mein Vater alles zerstörte, was mir wichtig war.

Je zügiger ich spielte, umso mehr verteilten sich die Bluts-

tropfen. Sie sickerten zwischen die Tasten, unterstrichen den Horror, den ich innerlich verspürte. Auf dem Höhepunkt des Getöses unterbrach ich mich. Dies war der Moment, um aufzuhören. Für immer.

Einen Augenblick ruhte ich in der Stille. Dann stand ich auf, griff nach der Sitzbank und schlug auf das Cembalo ein. Holz splitterte. Ich zerstörte, was meine Kindheit zerstört hatte. Ich wollte meinen Vater zerstören.

Der Hocker hinterließ tiefe Dellen und Absplitterungen, was mich zutiefst befriedigte.

»Was tust du da?«, brüllte mein Vater. »Bist du verrückt geworden? Dieses Cembalo ist unbezahlbar.«

Ich drehte mich mit der Bank in der Hand zu ihm um. »Bleib mir vom Leib. Du hast, was du wolltest. Ich kann mich jetzt auf meine Karriere konzentrieren.« Ich lachte hysterisch auf. »Und die sieht so aus, dass ich dieses verfluchte Instrument nie wieder anrühren werde.« Er blieb erstarrt stehen und ich schlug weiter auf das Cembalo ein. »Nie wieder. Ich will diese Karriere nicht, die du mir aufgezwungen hast. Die kannst du auf den Müll werfen. Genauso wie dein geliebtes Cembalo.«

Erst als ein Loch im Klangkörper zu sehen war, ließ ich die Bank sinken. Die Befriedigung verebbte augenblicklich, denn der Schmerz schoss in heißen Wellen durch meinen Körper und verbrannte alles andere.

»Was ist nur aus meinem kleinen Mädchen geworden?«

Ich drehte mich zu meinem Vater um. Ein bitteres Lachen entrang sich meiner Kehle. »Das ist tot.«

Gestorben, als du mir auch noch das Letzte genommen hast, was mir Halt gegeben hat, *ergänzte ich in Gedanken.*

Ich ging auf meinen Vater zu, der vor mir zurückwich. Ich

konnte seine Angst beinahe riechen. »Das war mein Abschiedsgeschenk«, sagte ich. »Ich nenne es Il Tradimento *– der Verrat. Es ist das letzte Stück, das jemals unseren Namen als Komponisten tragen wird.« Ausgelaugt, aber zutiefst entschlossen wandte ich mich ab. »Ich will nie wieder etwas mit dir zu tun haben«, sagte ich und ging.*

Ich ignorierte meine Mutter, die versuchte, mit mir zu reden. Stattdessen konzentrierte ich mich auf den pochenden Schmerz in meiner Hand und die Wärme des Blutes, das zu Boden tropfte. Zeichen dafür, dass ich lebte, auch wenn ich mich so fühlte, als ob ich gerade gestorben war.

♪ ♪ ♪

Raffael hielt noch immer meine Hand. Nicht einmal hatte er mich während meiner Erzählung unterbrochen. Ich fühlte mich elektrisiert. Wie damals, als ich das Cembalo zerstört hatte. Doch da war kein Schmerz mehr. Kein Zorn. Vielmehr war es, als hätte sich etwas in mir gelöst.

Ein Blitz zuckte über den Himmel und warf ein gespenstisches Licht auf die sich wild wiegenden Bäume. Das Gewitter hielt Winters Weiher fest in seiner Gewalt. Der Lärm des Unwetters hüllte uns ein. Ein geschlossener Raum als Auge des Sturms.

»Was denkst du?«, fragte ich.

»Wie unglaublich stark du bist, diese Erinnerung mit mir zu teilen, obwohl sie so schmerzhaft ist.«

»Warum fühle ich mich dann so schwach?«

»Schwäche zeigen ist ein Zeichen von Stärke.«

Ich hörte nur noch das Pochen meines Herzens, während ich wie gebannt in Raffaels Augen sah, die mich mit einer Intensität musterten, dass ich für einen Moment vergaß zu atmen. Bis ein weiterer Blitz die Schatten tanzen ließ. »Ich hatte gehofft, einen Abschied zu finden. Nicht, dass alles wieder aufgewühlt wird«, sagte ich.

»Vielleicht ist das der erste Schritt.«

Ich wollte ihm sagen, dass es ihm wie keinem anderen gelang, meine Schutzwälle einzureißen und gleichzeitig in mir das Gefühl zu wecken, dass es etwas Gutes war. Weil ich ihm all diese Dinge anvertrauen wollte. Weil ich mich besser fühlte, wenn ich ihm davon erzählte. Doch ich musste es ihm nicht sagen.

»Wie kann ich dir helfen?«, fragte er.

Weil er all diese Dinge bereits wusste. Seine warme Stimme, sein offener Blick, seine Hand auf meiner, all das ließ mich wissen, dass er mich durchschaut hatte. Dass er mich verstand.

Ich atmete tief durch. Es war an der Zeit, mir anzuhören, was ich bisher nicht hatte sehen wollen. »Deine Meinung«, sagte ich. »Sag mir, was du denkst.«

Sein Schweigen war keine angsteinflößende Ruhe vor dem Sturm, sondern das Luftholen vor dem Pusten auf eine Wunde. Weil es Raffael war. Ich war bereit.

»Ich weiß, es ist nicht leicht, es zu sehen und zu akzeptieren. Aber eine Geschichte besteht aus so vielen Seiten, wie Personen daran beteiligt sind.«

Das war mir bewusst, nur war es so viel leichter gewesen, nicht darüber nachzudenken. »Rede weiter«, sagte ich und rutschte näher an Raffael heran.

»Also, deine Mutter zum Beispiel. Sie hat ihren Ehemann verloren. Nicht erst kürzlich. Sondern mit dem Unfall. Was muss sie durchgemacht haben, als sie festgestellt hat, dass ihr Mann ein Fremder für sie ist? Und dass sie ihm nicht helfen kann?« Er ließ meine Hand los und legte stattdessen den Arm um meine Schulter.

Ich lehnte mich an ihn.

»Und dein Vater? Nein, dein Vater ist nicht unschuldig.« Raffael strich mit dem Daumen über die Narbe auf meinem Handrücken.

Seine Nähe, seine Worte nahmen mir den Atem.

»Aber er ist auch ein Opfer. Dein Vater hat einen Unfall überlebt, der ihn erst seinen Lebensinhalt und seine Existenz gekostet hat, als er kein Cembalo mehr spielen konnte, und schließlich auch seine Tochter.«

Raffael schwieg und mein Herz schlug weiter. Ohne Aussetzer oder Hüpfer. Im stetigen Rhythmus der Gewissheit, dass die Wahrheit nicht wehtun musste, wenn man bereit war, sich ihr zu stellen. Und dass dieser Moment jetzt gekommen war. Weil Raffael mehr wusste, als ich bisher geahnt hatte.

»Du bist genau wie er. Du hast es nur noch nicht gemerkt«, sagte er.

Raffaels Worte spukten in meinem Kopf herum und ergaben keinen Sinn. Wie meinte er das? Was wollte er mir damit sagen?

»Es ist an der Zeit, dass ich dir auch etwas erzähle.«

Diludium

»Warum quälen Sie sich so?«, fragte Raffael.

Herr Camino antwortete nicht. Stattdessen presste er einen Arm vor den Mund. Raffael konnte die Schluchzer deutlich hören, die der Mann zu unterdrücken versuchte. Er setzte sich neben Herrn Camino auf die Bank und wartete.

Nach einer ganzen Weile richtete der Mann sich auf und atmete tief durch. »Ich weiß nicht, wie ich es anders ausdrücken soll außer mit Musik. Mit Musik konnte ich alles sagen und sie hat es verstanden. Es war unsere Sprache.«

Raffael wusste nicht, worum es ging. Er spürte nur, dass es Herrn Camino wichtig genug war, um es jeden Tag wieder und wieder zu versuchen. »Was wollen Sie denn ausdrücken?«

Herr Camino ließ die Hand über die Tasten des Cembalos gleiten. Es war eine zärtliche Berührung. Als Raffael in sein Gesicht sah, erkannte er jedoch, dass der Blick schmerzerfüllt war.

»Dass es mir leidtut.«

Cis in Blaugrün

Raffaels Geschichte klang wie ein Traum.

»Das kann nicht sein«, sagte ich. »Vater hat sich nie bei mir entschuldigt.«

»Vielleicht hatte er nur nicht mehr die Gelegenheit dazu.«

»Er hatte ein ganzes Jahr Zeit dazu.« Ich starrte aus dem Fenster. Die Blitze zuckten über den Himmel wie die Gedanken durch meinen Kopf.

»Warum weigerst du dich, Cembalo zu spielen? Warum quälst du dich so?« Raffaels Stimme klang sanft, doch seine Frage hallte in mir nach.

»Ich habe es geschworen. Ich habe ihm geschworen, dass ich nie wieder Cembalo spielen würde. Es war der einzige Weg, mich für immer von ihm zu lösen.« Ich spürte, dass meine Stimme jede Überzeugungskraft verloren hatte.

»Und wie fühlt es sich für dich an, kein Cembalo zu spielen?«

Das Verlangen pulsierte durch meinen Körper, pochte schmerzhaft gegen die Fingerspitzen und konnte nicht raus. Weil etwas fehlte. Etwas, das ein Teil von mir gewesen war. Etwas, das mich erfüllt, mich mit der Welt verbunden und ihr einen Inhalt gegeben hatte.

»Es tut weh.« Meine Stimme brach. Ein letzter Widerstand, all meine Gedanken in Worte zu fassen. »Es tut so weh. Es fühlt sich an, als ob mir jemand beide Hände abgehackt hätte.«

Die Stille dröhnte in meinen Ohren. Und ich verstand, was ich gesagt hatte.

»So muss sich mein Vater gefühlt haben.«

Der Boden verschwand unter meinen Füßen. Nur Raffaels Augen hielten mich fest. So verständnisvoll. Wie konnte er mich nur so ansehen? Wie konnte er mir Verständnis entgegenbringen, wenn ich selbst so viele Jahre gebraucht hatte, um zu verstehen?

Ob es meinen Vater gequält hatte, mir oder Raffael zuzuhören, wenn wir Cembalo gespielt hatten? Wie hatte er es ertragen können, das Instrument jeden Tag zu sehen, zu hören, zu unterrichten? Er hätte bestimmt alles dafür gegeben, wieder so spielen zu können wie vor seinem Unfall.

Und ich? Ich war in der Lage zu spielen, wenn ich wollte. Doch ich tat es nicht. Aus Stolz und Sturheit hatte ich es mir verboten. Hatte mich freiwillig einer Qual ausgesetzt, die mein Vater vermutlich niemals jemandem gewünscht hätte. Weil er keine Wahl gehabt hatte.

»Ich glaube, ich möchte jetzt allein sein.« Meine Stimme fühlte sich kratzig an.

»Sag Bescheid, wenn du was brauchst«, sagte Raffael und ging.

Das Gewitter zog weiter, doch der Wind heulte und wirbelte die Gedanken in meinem Kopf hin und her. Raffael hatte gesagt, dass Vater versucht hatte, zu komponieren. Um auszudrücken, wie leid es ihm getan hatte. Hatte er einen Weg gefunden?

Die Kartons mit dem Notenpapier! Vielleicht gab es dort etwas, irgendetwas, das mich ihm näherbringen würde. Das mich verstehen ließe.

Ich rannte in den Keller. Mein Blick blieb an den Kartons in den Regalen hängen. Vater hatte es noch nie über sich gebracht, seine Fehlkompositionen zu entsorgen. Womöglich hatte ich einen Schatz entdeckt.

Ich öffnete jeden Karton und fand eine Menge alter Klamotten und Hausrat. Die beiden Kisten, die Papier enthielten, trug ich nacheinander ins Wohnzimmer. Sie waren bis unter den Rand gefüllt mit Papierstapeln und zusammengeknüllten Papierkugeln. Eine Kugel nach der anderen entknitterte ich und strich sie glatt.

Es waren Briefanfänge und erste Takte. Mein Kopf setzte die Noten zu Tönen und Farben zusammen, doch es blieben nichtssagende Anfänge. Zu kurz, um irgendetwas zu transportieren. So einfach, wie man sie mit einer Hand eben spielen konnte. Zu wenig, um jemanden wie meinen Vater zufriedenzustellen. Wie hätte es auch anders sein sollen. Die Worte auf dem Briefpapier waren genauso nichtssagend. *Katharine, liebe Kit, meine Tochter …*

Mehr nicht. Zwei Kisten voller Nichts. War das wirklich alles?

Ich strich über das Datum auf dem Papier. Jede Seite war fein säuberlich datiert. Sie alle waren aus den ersten

Wochen, nachdem ich den Kontakt abgebrochen hatte. Irgendetwas hatte er mir sagen wollen. Wenn er es weiter versucht hatte, musste es noch mehr geben. Nur wo?

Die Hoffnung wich einer bangen Ahnung. Vielleicht in meinem Elternhaus. In seinem Arbeitszimmer. Dort, wo die meisten seiner Musiksachen waren.

Mein Magen zog sich zusammen. Mutter. Ich hatte sie mit all meinen Vorwürfen hängen lassen. Ich konnte nicht einfach vor der Tür stehen und so tun, als ob nichts geschehen war. Wie würde sie überhaupt reagieren?

Das Unwetter ließ nach und zog weiter. Es hinterließ eine unwirkliche Stille und aufklarenden Himmel. Mir wurde ganz anders. Alles deutete nach Hause. Zu Mutter und Vater.

♪ ♪ ♪

Ich watete durch zähen Zement die regennasse Einfahrt entlang. Bei jedem Schritt überlegte ich aufs Neue, ob ich nicht lieber umdrehen sollte.

Nein, dachte ich mir, *ich werde jetzt keinen Rückzieher machen.*

Der Anblick des Blumenbeets stimmte mich traurig. Außer verkümmerten Blumenresten gab es nichts zu sehen. Selbst die Vorhänge hingen reglos und schlaff im Fenster. Dort, wo sonst eine Bewegung hatte ahnen lassen, dass Mutter die Einfahrt im Blick behielt.

Ich wollte fliehen. Was, wenn sie mich nicht sehen wollte? Ich hatte so viele verletzende Dinge gesagt. Doch da war auch ein neues Gefühl. Der vertraute Anblick meines Elternhauses, der Klinkersteine, des angelaufenen Wetterhahns auf dem Giebel, weckte eine unerwartete Sehnsucht in mir. Ich gab mir einen Ruck.

Ein ungleichmäßiges, tönernes Oval an der Tür begrüßte mich. Mit den Fingern fuhr ich die krakelig eingeritzten Buchstaben nach. *Hier wohnt Familie Camino.*

Ich klingelte. Der Gong erklang in blaugrünem Cis. Wie die Ankündigung zu einer Audienz. Genauso fühlte ich mich auch.

Mutter öffnete und sah mich mit verweinten Augen an. Ich wusste nicht, was ich tun sollte. Sie offenbar auch nicht.

»Darf ich reinkommen?«, fragte ich.

Mutter fing gleichzeitig an zu lachen und zu weinen. Sie machte einen Schritt auf mich zu und nahm mich ungelenk in die Arme. »Du weißt gar nicht, wie glücklich du mich gerade machst«, sagte sie.

Ich legte die Arme um sie. Es fühlte sich ungewohnt an. Als hätte ich verlernt, wie es war, jemanden zu umarmen. *Sie* zu umarmen.

Tränen schossen mir in die Augen. Ich konnte nichts dagegen tun und ließ alles heraus.

Sie strich mir über die Haare und nahm dann mein Gesicht in ihre Hände. Sie wischte mit den Daumen meine Tränen beiseite und sah mich eindringlich an. »Hier ist dein Zuhause.« Sie ließ mich los und trat zur Seite.

Ich atmete tief durch und setzte zum ersten Mal seit über einem Jahr einen Fuß über die Schwelle meines Elternhauses.

Es war ein seltsames Gefühl. Eine Mischung aus Unbehagen und Neugier. Dazu eine Prise Heimweh. Ich setzte mich an den Esstisch. Ankommen. Fühlen.

Mutter folgte mir, sagte jedoch nichts. Schweigend setzte sie Wasser auf. Während sie darauf wartete, dass das Wasser im Wasserkocher heiß wurde, sah sie aus dem Fenster. Sie stand aufrecht. Als ob es wieder etwas gab, was sie aufrichtete. Der müde Ausdruck, der die letzten Male ihr Gesicht gezeichnet hatte, war verschwunden.

»Was für Tee möchtest du?«

»Früchtetee«, sagte ich und es bedrückte mich, dass sie überhaupt fragen musste. Doch dann stellte sie eine Schachtel auf den Tisch. Butterkekse mit weißem Schokoüberzug. Meine Lieblingskekse. Ich griff zu.

Als der Tee fertig war, setzte sie sich mir gegenüber. Sie hielt ihre Tasse mit beiden Händen fest und musterte mich. Wartete, dass ich etwas sagte.

Ich war erleichtert und dankbar, dass ich nicht gedrängt wurde. Sie ließ mir die Zeit, die ich brauchte, um meine Worte zu sammeln. Oder sie wusste selbst nicht, was sie sagen sollte. Aber das war nicht schlimm.

Nur, mein Kopf war leer. Und still. Endlich.

»Wie geht es dir?«, fragte ich schließlich das Erste, was mir einfiel.

»Seit deinem Anruf … Ich kann nicht aufhören, darüber nachzudenken. Mein Kopf will es nicht begreifen. Wie konnte ich das nicht sehen? Ich hätte mir nie vorstellen können, dass er dir wehtun könnte. Er hat dich so abgöttisch geliebt.«

Ich wusste nicht, was ich dazu sagen sollte.

»Verachtest du mich?«, fragte Mutter. »Es fühlt sich nämlich so an. Ich würde es sogar verstehen.«

Ich schwieg.

»Ich war nicht für dich da«, fuhr sie fort. »Ich wollte es zuerst nicht wahrhaben, aber du hattest recht.«

Ich hatte mich lange nicht mehr so akzeptiert von ihr gefühlt. »Ja, manchmal«, gab ich zu. »Du warst die Erwachsene von uns beiden. Du hättest für uns beide stark sein müssen. Aber ich hatte auch immer das Gefühl, dass auch du unter ihm gelitten hast. Und du konntest genauso wenig dafür wie ich.«

»Ich habe genauso versagt wie er.« Nun rannen meiner Mutter Tränen über das Gesicht.

»Aber ich hatte immer das Gefühl, dass du mich liebst. Du warst nur hilflos.«

»Warum hast du mich dann gemieden?«

Ich aß noch einen Keks, um Zeit für meine Antwort zu gewinnen. »Weil ich enttäuscht war, dass du nicht versucht hast, mehr für mich zu tun. Weil du ihn bis zum Ende in Schutz genommen hast.«

»Was hättest du dir gewünscht?«

Allein diese Frage gestellt zu bekommen, ließ meine Augen brennen. Ich blinzelte die Tränen weg. »Dass du auf meiner Seite bist. Dass du mich beschützt.«

»Und das habe ich nicht.« Sie stockte und begann, die Nagelhaut der einen Hand mit dem Daumennagel der anderen Hand zurückzuschieben. »Ich habe dich im Stich gelassen.«

Dass sie es zugab, gab mir die Gelegenheit und den Mut, die eine Frage zu stellen. Die, die den Elefanten im Raum bloßstellte. »Warum? Bitte erklär es mir. Warum hast du mich nicht beschützt?«

Regungslos starrte Mutter auf die Tischplatte. Der Sekundenzeiger der Küchenuhr tickte wie ein Metronom deutlich hörbar voran.

Schließlich seufzte sie. »Als dein Vater weder meine Hilfe noch meine Nähe mehr wollte, habe ich mich in das vertieft, worin ich immer gut und was ihm immer wichtig gewesen war: dem Familiennamen Gewicht verleihen.«

Mutter reichte mit ihrer Hand über den Tisch und griff nach meiner. Ihre Worte schmerzten, doch ihre Hand gab mir Halt.

»Ich war zu sehr mit meinem eigenen Schmerz beschäftigt und es tut mir unendlich leid, dass ich darüber nicht gesehen habe, dass deiner noch viel größer war«, fügte sie hinzu.

Es waren ehrliche Worte. Das spürte ich. Es war alles, was ich brauchte, um an ihrer Hand festzuhalten und meinen Weg zurückzufinden. Zu meiner Mutter.

Eine Weile saßen wir einfach nur da. Keine von uns wollte loslassen. Sie war es schließlich, die mich mit laufender Nase und verquollenen Augen ansah und sagte: »Ich brauche jetzt wirklich ein Taschentuch.«

Ich musste lachen und ließ sie los. Während sie sich die Nase schnäuzte, aß ich einen weiteren Keks, der besser schmeckte als je zuvor. Fast fühlte ich mich wieder zu Hause. Da war nur noch eins … »Kann ich vielleicht seine Sachen sehen? Die Musiksachen?«

Überrascht sah Mutter mich an. »Natürlich. Sie sind oben.«

Ich erhob mich und folgte ihr auf den Flur hinaus. An den Wänden hingen immer noch unsere Familienfotos. Alle aus der Zeit vor dem Unfall. Ganz gleich, ob Mutter, Vater, ich oder wir alle zusammen abgebildet waren, wir sahen ausnahmslos glücklich aus. Wir stiegen die Wendeltreppe ins Obergeschoss hinauf. Ob die obersten beiden Sprossen noch knarzten? Sie taten es.

Ich folgte Mutter bis zu ihrem Schlafzimmer. Wann hatte ich diesen Raum das letzte Mal betreten? Ich konnte mich nicht erinnern.

Ich blieb an der Türschwelle stehen. Das Bett meiner Eltern war auf der einen Seite ordentlich bezogen und sah unberührt aus, während auf der anderen Seite das Kissen eingedrückt war und die Decke zerknautscht halb heraus hing. Ansonsten wies nichts darauf hin, dass mein Vater gestorben war. Auf seinem Nachttisch lagen ein Buch, aus dem ein Lesezeichen ragte, und seine Lesebrille. Vor dem Bett standen seine Pantoffeln.

»Ich habe schon viel von seinen Sachen zusammengepackt«, sagte sie. »Aber hier habe ich es einfach nicht über mich gebracht.«

Sie öffnete die Tür auf der anderen Seite des Raums. Die zum begehbaren Kleiderschrank. Nur dass er vollkommen leer schien. Dafür waren die Wände mit einer seltsamen Tapete bedeckt.

Ich trat näher. »Was ist das alles?«

Mutter drehte sich zu mir um und versperrte mir die Sicht. »Ich kann dir die Kiste holen. Es ist nicht leicht zu ertragen, was dein Vater hier geschaffen hat.«

Was meinte sie? Was wollte sie verstecken? Wie von selbst schob ich mich an ihr vorbei. Ich betrat den engen Raum und fand mich in einem Albtraum aus Papier und Tinte wieder. Alles in mir drängte danach, wegzulaufen. Doch mein Kopf versuchte zu verstehen, was er sah.

Die Wände der Kammer waren von oben bis unten mit Zeitungsartikeln tapeziert. Bilder eines Autounfalls und immer wieder der Name Camino. Ich trat näher an eine Wand und ließ den Blick schweifen.

Eine regennasse Straße. Eine enge Kurve. Ein Auto, von der Straße abgekommen. Ein Frontalzusammenstoß mit einem Baum. Mein Vater, schwer verletzt eingekeilt. Schlagzeile über Schlagzeile über den Cembalisten, dessen rechte Hand nicht gerettet werden konnte. Bilder und Details, die mir vage bekannt vorkamen, weil ich irgendwann – in einer langen Nacht mit zu viel Alkohol – selbst recherchiert hatte, was eigentlich genau geschehen war. Mutter hatte mir nur erzählt, dass Vater einen schweren Autounfall gehabt hatte und dass es dauern würde, bis er aus dem Krankenhaus nach Hause käme. Und als es endlich so weit gewesen war, war er ein vollkommen anderer Mensch gewesen.

Ich starrte auf die Bilder der Unfallstelle. Ein Wunder, dass mein Vater das überlebt hatte.

In der hintersten Ecke standen zwei Kartons auf dem Boden. Ich öffnete den ersten und fand wie erwartet noch mehr Papier. Aber es waren keine Noten. Stattdessen Akten über Akten. Ich begann zu lesen und konnte nicht aufhören. Offenbar hatte mein Vater seine Hände für viel Geld versichern lassen, doch als es darauf ankam, wurde ihm die Leistung verweigert. Bestürzt blätterte ich weiter.

Überflog unzählige Schreiben von Anwälten, die ich nur teilweise verstand. Mir erschloss sich jedoch, dass mein Vater um das Geld gekämpft und letzten Endes eine stattliche Summe zugesprochen bekommen hatte. Trotzdem hatte ich einen bitteren Geschmack im Mund, als ich das Urteil las.

Kein Geld der Welt war in der Lage, den Verlust eines Körperteils oder eines Lebens zu ersetzen.

Ich schob die Unterlagen beiseite und hob den Aktenordner heraus, der auf dem Boden des Kartons lag. Was konnte jetzt noch kommen?

Mehr Papierkrieg. Ein Streit darum, ob die Ärzte, die Vaters Hand amputiert hatten, die richtige Entscheidung getroffen hatten. Ob die Hand zu retten gewesen wäre. Ein Krieg, der sich über Jahre hinweggezogen und von dem ich nichts mitbekommen hatte. Ein Krieg, den mein Vater letzten Endes verloren hatte.

Ich schloss die Augen und lehnte mich an die Wand. Alles drehte sich, ein neues Bild setzte sich zusammen. Eine neue Geschichte. Eine Odyssee. Mein Vater hatte seiner verlorenen Hand einen Schrein gebaut. Hatte es überhaupt noch etwas für ihn gegeben, wofür es sich zu leben gelohnt hatte?

Vielleicht wäre alles anders gekommen, wenn meine Eltern mich nicht darüber im Dunkeln gelassen hätten, was sich alles im Hintergrund abgespielt hatte. Vielleicht hätte ich Verständnis entwickelt. So, wie es in genau diesem Augenblick geschah.

Ich ertrug es nicht mehr. Der Berg von Papier und Druckerschwärze erstickte mich. Ich zerrte die zweite Kiste aus der Kammer und schlug die Tür hinter mir zu.

Mutter war nicht mehr da. Ich hatte nicht mitbekommen, dass sie gegangen war.

Auf den Inhalt des letzten Kartons konnte ich mich kaum noch konzentrieren. Die Enttäuschung angesichts der alten Notensammlungen und Lehrhefte verblasste jedoch im Schatten meiner vorigen Entdeckung.

Ich ging wieder hinunter. Meine Mutter saß in der Küche.

»Hast du was gefunden?«, fragte sie.

Erst jetzt wurde mir klar, dass ich zwar vieles gefunden hatte, aber nicht das, worauf ich gehofft hatte. Vater fehlte mir nur noch mehr.

Ich schüttelte den Kopf. »Ich wusste nicht …«, setzte ich an und hatte keine Ahnung, wie ich den Satz beenden sollte.

»Du warst so klein. Wir wollten nicht, dass du diese Bilder siehst. Und danach … Ich habe Nestor angefleht, es gut sein zu lassen. Aber er konnte nicht. Die meiste Zeit wusste selbst ich nicht, was in ihm vorging.«

Ich fuhr mit den Fingern die Maserungen des Holztisches nach und ließ die Stille zwischen uns fallen. Als meine Mutter tief einatmete, sah ich wieder auf.

»Jetzt weißt du es«, sagte sie.

Es war an der Zeit zu gehen. Ich fühlte mich zu zerbrechlich. »Ich muss los«, sagte ich und Mutter begleitete mich zur Tür.

»Komm bald wieder.« Sie zog mich in ihre Arme. Und dieses Mal fühlte es sich richtig an. Fließend und weich. Geborgen. So wie sich zu Hause anfühlen soll.

»Das mache ich«, sagte ich.

Mein Elternhaus hatte seinen Schrecken verloren. Der

Knoten in meinem Inneren hatte sich gelöst. Doch die Enttäuschung blieb.

Wie gern hätte ich eine letzte Nachricht von ihm in der Hand gehalten, die er nur für mich geschrieben hatte. Aber diesen Gedanken musste ich wohl endgültig begraben. Jetzt gab es nur noch einen Ort, der mir hoffentlich einen Abschied bringen konnte.

D in Feuerblau

Ich stand seit einer halben Stunde auf dem Parkplatz vor dem städtischen Friedhof und brachte es nicht über mich, auszusteigen. Ich, der verspätete Gast auf einer Beerdigung. Das war der letzte Weg, den ich gehen musste. Ich wusste nur nicht wie. Und das Handy in meiner Hand blieb verflucht stumm.

Ich hatte versucht, Maja zu erreichen, aber sie war nicht rangegangen. Es hätte mich nicht überraschen dürfen. Nicht nach letzter Nacht. Erst jetzt dämmerte mir, wie sehr wir uns in den vergangenen Wochen entfremdet hatten. Wie sehr ich sie alleingelassen hatte.

Ich wählte erneut ihre Nummer. Es klingelte zweimal, dann ging die Mailbox ran. Sie hatte mich weggedrückt. Hatte ich über das ganze Chaos meine beste Freundin geopfert? Vielleicht war das der Preis, den ich zu zahlen hatte, um zu begreifen, dass ich selbst den Mut und die Kraft finden musste, meine Probleme zu lösen.

Ich stieg aus und machte mich auf den Weg. Kaum dass ich den Friedhof betrat, befand ich mich in einer anderen Welt. Hier herrschte eine Stille, wie sie im Alltag nicht zu finden war. Das Atmen fiel mir leichter, als ob die Luft eine andere war. Mein Herz kam zur Ruhe. Alles war friedlich.

Ich folgte dem schmalen, asphaltierten Weg. Links und rechts des Pfades reihten sich die Gräber aneinander, immer wieder unterbrochen von Bäumen, Rhododendren oder Brunnen, die Wasser zur Grabpflege bereithielten. Es roch nach Herbst und Vergänglichkeit. Ob dieser Duft den Besuchern in ihrer Trauer Trost spendete oder erschien er eher wie blanker Hohn?

Ziellos begann ich, durch die Grabreihen zu schlendern, auf der Suche nach Vaters Grab. Ich wusste nicht, wo sie ihn beerdigt hatten. Meine Augen glitten über weißen Marmor, schwarzen Basalt, goldene Lettern und filigrane Gravuren. Ich blieb an Jahreszahlen hängen, die offenbarten, dass ein Mensch diese Welt zu früh verlassen hatte. Ich schluckte, als ich ein Meer aus Stofftieren und Kerzen entdeckte. Hinter jedem dieser Steine versteckte sich eine Geschichte und vermutlich waren an jeder dieser Stätten Tränen vergossen worden.

Ich arbeitete mich in die hinteren Bereiche des Friedhofs vor. Ich hatte die vage Ahnung, dass meine Mutter einen Platz gewählt haben könnte, der weitab von neugierigen Blicken lag. Um einen Ort zu haben, an dem sie ohne Fassade trauern konnte.

Im Schatten einer Trauerweide in der hintersten Ecke des Friedhofs hielt ich inne. Die hängenden Äste, die im Wind hin und her schwangen, verbargen ein weiteres Grab.

Ich trat näher und ließ den Blick über den weinenden Marmorengel gleiten, dessen Schwingen sich schützend um einen Grabstein legten. In schwarzer Schrift stand darauf: *Nestor Camino, geliebter Mann, Vater und Freund. Möge dein Lied Frieden finden.* Vor dem Stein flackerte eine Kerze in einer Laterne. Das Grab war über und über mit Passionsblumen bepflanzt.

Hilflos stand ich da, während sich die Trauer, die ich mir die ganze Zeit verboten hatte, in meinem Körper ausbreitete. Ich fühlte die Leere des Abgrunds, der mich in die Tiefe zog. Ein ewiger Fall ohne Rettungsleine.

»Weißt du, dass ich dich gern hassen möchte?« Die Worte kamen mir von selbst über die Lippen. Wollte ich hier wirklich ins Nichts sprechen? Doch ich spürte, wie in mir das Bedürfnis wuchs, zu reden. Zu sagen, was ich zu sagen hatte.

»Der Unfall hat etwas aus dir gemacht, das ich nicht ertragen konnte. Und ich hasse es, dass ich dich dafür nicht wirklich hassen kann, weil ich dich immer noch lieb hab.« Ich schluckte den Kloß herunter, der sich in meiner Kehle bildete und mich am Sprechen hindern wollte.

Über mir rauschte der Wind in der Trauerweide. Ein leises Klingen tauchte mein Sichtfeld in bunte Farbsprenkel. Jemand hatte ein Windspiel in den Baum gehängt.

»Ich habe heute erfahren, was für ein Leben du seit dem Unfall geführt hast.« Ich vertraute die Worte dem Wind an und schloss die Augen. »Wenn ich es gewusst hätte … Vielleicht hätte ich es verstanden. Ich möchte es zumindest glauben. Hauptsache, wir hätten geredet. Und jetzt ist es zu spät.«

Ein Sonnenstrahl drang durch das Blätterdach und kitzelte mein Gesicht.

»Raffael sagt, dass du dich entschuldigen wolltest. Ich hab es mir all die Zeit so sehr gewünscht.« Ich starrte weiter auf das Grab, als könnte ich ihm so eine Antwort entlocken. »Ich hätte so gern die Gelegenheit gehabt, noch einmal mit dir zu sprechen. Du fehlst mir.«

Ein Windstoß fuhr mir in den Mantel. Das Windspiel tönte klar und kräftig, die Farben funkelten.

»Ich hoffe sehr, dass du da, wo du jetzt bist, Frieden gefunden hast.« Ich streckte meine Hand aus und berührte den Flügel des Engels. »Bis bald, Vater.«

Für einen Moment blendete mich die Sonne. Alles, was ich sah, waren die Klänge in all ihrer Farbpracht und dazwischen ganz deutlich ein paar rauchblaue Tupfer.

Als ich mich abwandte und das stumme Grab hinter mir ließ, fühlte ich mich leichter. Den Schatten, der mich seit meiner Kindheit begleitet hatte, ließ ich zurück. Was blieb, war Traurigkeit.

♪ ♪ ♪

Der Tag hatte einen bitteren Beigeschmack. Ich war so weit gekommen, doch die Person, mit der ich es am liebsten geteilt hätte, redete nicht mit mir. Ich war ihr nicht mal böse, denn es war allein meine Schuld. Alles, was ich tun konnte, war, ihr Zeit zu geben. Und ihr zu signalisieren, dass ich warten würde.

Noch vom Parkplatz aus wählte ich erneut Majas Nummer. Ich unterdrückte die Enttäuschung, als wieder die Mailbox ranging, auch wenn ich nichts anderes erwartet hatte.

»Hey Maja, ich bin's. Ich weiß, dass du gerade nicht mit mir reden möchtest, und das verstehe ich. Ich war keine gute Freundin in der letzten Zeit. Vielleicht schon länger nicht mehr. Das hast du nicht verdient. Bitte lass uns darüber reden. Irgendwann, wenn du so weit bist.«

Auf der Heimfahrt überrollte mich die Tragweite dessen, was ich erlebt hatte, und ich musste mich beherrschen, nicht zu weinen.

Ich war überzeugt davon gewesen, dass mein Vater mir eine Botschaft hinterlassen hatte. Aber offenbar hatte ich mich geirrt. Es war vorbei. Er war fort. Winters Weiher war alles, was mir von ihm geblieben war. Das und das Cembalo. Ich hätte beides sofort eingetauscht für eine letzte Nachricht von ihm.

Das Anwesen empfing mich mit trostloser Leere. Meine Füße hallten durch die Eingangshalle und betonten, wie allein ich in dem großen Haus war. Ich ging ins Wohnzimmer und näherte mich dem Cembalo. Wie es da stand, an die Wand gedrängt, beiseitegeschoben, vergessen. Als ob es nicht wichtig war.

Es fühlte sich falsch an.

Ich trat näher und betrachtete das Instrument. Jede Taste, jede Saite, jede Verzierung war vertraut. Es tat weh. Ich wollte, dass es wehtat.

Ich schob und zerrte das Cembalo zurück an seinen Platz in der Mitte des Raums. Dort, wo es hingehörte. Ich setzte mich davor und wartete. Wartete, dass irgendetwas passierte. Dass ich etwas spürte. Eine Eingebung. Eine Verbindung.

Nichts geschah. In meiner Brust war ein schwarzes Loch, das Traurigkeit atmete. Vielleicht musste ich spielen. Vielleicht könnte ich so noch einmal Vaters Nähe spüren.

Ich schloss die Augen und drückte eine Taste. Es war einfach nur ein Ton, ein grünes C. Ich versuchte es erneut. F in Purpur. Es klang fad. Das konnte nicht sein. Wo war er? War es nicht genug? Musste ich mehr wagen?

Das *Präludium in C-Dur von Bach.*

Mir wurde schlecht bei dem Gedanken an alles, was dieses Stück bedeutete, und doch verkörperte es meinen Vater so sehr, dass es das wert war, wenn ich ihn dafür noch einmal spüren konnte.

Die ersten zwei Takte flossen aus mir hinaus. Bis zum Blau. Ich brach ab. Meine Hände zitterten.

Noch mal.

Wieder brach ich an derselben Stelle ab. Die rauchblaue Blockade ragte drohend über mir auf und ließ mich nicht passieren.

Ich versuchte es wieder und wieder. Und scheiterte. Meine Kraft schwand. Ich hatte versagt. Ich konnte es nicht mehr.

Es klopfte. Irgendwo klopfte es. Dröhnte laut in meinem Kopf und zwang mich, mich mit der Welt zu beschäftigen, die mir gerade so egal war.

Es war Raffael. Er stand vor der Verandatür und hörte nicht auf zu klopfen.

Ich ließ ihn herein. Nur damit es aufhörte. »Warum klopfst du nicht an der Haustür?«, fragte ich ihn. Aber eigentlich interessierte es mich nicht. Ich schlurfte zum Sofa und verkroch mich unter die Decke.

»Ich hab dich gehört. Ich musste sehen, ob ich mir das nur einbilde«, sagte Raffael.

Ich starrte das Cembalo an und fragte mich, was ich falsch gemacht hatte. Wo war die Verbindung?

»Kit?«

Auch das klang falsch. »Katharine«, sagte ich. »Mein Name ist Katharine.«

»Geht es dir gut?«

Ich schüttelte den Kopf.

Raffael setzte sich zu mir. »Was ist passiert?«

Wie so häufig beruhigte mich seine Nähe und meine Gedanken wurden klarer, sodass ich anfing, zu erzählen. »Als du gesagt hast, dass es ihm leidtat und dass er versucht hat, zu komponieren, da dachte ich, vielleicht hat er mir irgendwo eine Nachricht hinterlassen. Aber da waren nur Anfänge, Bruchstücke und jede Menge Papierkrieg mit Ärzten, Anwälten und Versicherungen. Ich kann mir gar nicht vorstellen … Es muss furchtbar gewesen sein.«

»Er hat mir mal gesagt, dass es seine Art war, dagegen anzukämpfen, akzeptieren zu müssen, dass er seine Hand verloren hat. Aber es hat den Schmerz nur länger wachgehalten.«

»Ich war an seinem Grab. Ich wollte mich verabschieden. Aber ich kann nicht vergessen, dass das Letzte, was wir zueinander gesagt haben, so hässliche Dinge waren. Ich wünschte, ich könnte noch einmal mit ihm reden.«

Raffael griff nach meiner Hand. »Und das Cembalo?«

»Ich wollte ihm nah sein. Er fehlt mir.«

Raffaels malte mit dem Daumen Kreise auf meinem Handrücken. Ich rutschte näher und lehnte den Kopf an seine Schulter.

»Es gibt da etwas …« Er hielt inne.

Ich wartete darauf, dass er fortfuhr.

»Ich glaube, er wusste sich nicht anders auszudrücken als über Musik. Deswegen hat er sich nicht gemeldet. Er wusste nicht, was er sagen sollte.«

Das konnte ich sogar verstehen. Es war so schwer, die richtigen Worte zu finden. »Er hat es immerhin versucht«, sagte ich und dachte an die Briefanfänge. »Ich wünschte nur, es hätte für mehr gereicht.«

»Ich habe es lange nicht verstanden. Erst als du von Feuerblau gesprochen hast. Ich dachte die ganze Zeit, dass er komponiert, um seine Schuld zu verarbeiten.«

Ich setzte mich auf. »Was meinst du?«

»Er wollte sich entschuldigen auf die einzige Art, von der er wusste, dass du ihn verstehen würdest.«

»Aber es hat nicht funktioniert. Du hast selbst erzählt, dass er es nicht hinbekommen hat.«

Worauf wollte er hinaus?

Raffael sah mich eindringlich an. »Ich habe ihn nicht darum gebeten, mich zu unterrichten. Ich hab es ihm angeboten. Damit er sich ausdrücken konnte. Verstehst du?«

Ich war verwirrt. Das ergab alles keinen Sinn.

Raffael hob die Hände. »Ich hab für ihn gespielt, was immer er gebraucht hat. Ich hab ihm zwei funktionierende Hände geschenkt.«

Ich schluckte. Bedeutete das …

Raffael griff neben sich und zog etwas hervor. Es war seine Notenmappe. »Es tut mir leid, dass ich es so lange für mich behalten habe«, sagte er. »Am Anfang war es für mich nur eine Erinnerung an ihn. Aber als ich verstanden habe, dass es für dich ist, da wusste ich einfach nicht, wie ich es dir sagen soll. Du warst so wütend und verletzt. Ich wollte auf den richtigen Zeitpunkt warten.

Deswegen wollte ich nicht, dass du das Cembalo weggibst.«

Ich ließ die Mappe nicht aus den Augen. Sie schien zu leuchten. Mein heiliger Gral.

Raffael reichte mir die Mappe. »Ich weiß nicht, ob es fertig ist. Er hat es manchmal tagelang liegen lassen und dann doch noch was geändert. Soll ich dich damit allein lassen?«

Ich schluckte und griff zu. »Ja, bitte.«

Raffael stand auf. »Ich hoffe, du findest darin, was du suchst.« Dann ging er.

Die Mappe war aus stabilem Karton, damit nichts darin zerknicken konnte. Ich glitt mit den Fingerkuppen über die raue Oberfläche und schlug die Mappe schließlich auf.

Mein Vater war kein Mann der großen Worte gewesen. Aber ich hätte mir nie vorstellen können, dass er nach seinem Unfall versuchen würde, zu komponieren. Wie sollte das auch gehen mit einer Hand? Die ärmlichen Versuche, die ich im Keller entdeckt hatte, waren Zeugnis einer Verzweiflung, der er sich scheinbar geschlagen gegeben hatte.

Doch mit Raffaels Hilfe hatte er einen Weg gefunden. Vor mir lag ein Blatt Notenpapier.

Die Noten waren nicht so sauber gezeichnet wie früher, aber es war eindeutig Vaters Handschrift. Mehr Striche als bauchige Noten. Meine Finger glitten über die Notation, im Bemühen, eine Verbindung aufzunehmen. Dann fiel mein Blick auf den Titel. *Feuerblau.*

Ich schluckte. Das Datum verriet mir, dass er das Stück wenige Tage vor seinem Tod notiert hatte.

Die Stille wurde durch das Rauschen des Blutes in meinen Ohren verdrängt. Vielleicht hatte er mich besser gekannt als ich mich selbst. Und sei es nur, weil er am eigenen Leib erfahren hatte, was es bedeutete, nicht mehr spielen zu können. Vielleicht war es auch nur darum gegangen, das auszudrücken, was er nicht auszusprechen vermocht hatte.

Ganz gleich, was seine Gründe gewesen waren: Wenn ich wissen wollte, was mein Vater mir zu sagen hatte, musste ich wieder Cembalo spielen und Vertrauen haben, dass alles noch da war. Das hier war die Nachricht, nach der ich gesucht hatte.

Ich stand auf. Das Cembalo zog mich an wie ein Magnet. Und da war sie wieder: die Sehnsucht. Lockend und süß. Nicht mehr bedrohlich und angsteinflößend. Sondern hoffnungsvoll und voller Wärme. In meiner Hand hielt ich die Erlaubnis, die ich brauchte, um mir einzugestehen, dass ich nicht ohne das Cembalo sein konnte und wollte. Genauso wie ich mir hatte eingestehen müssen, dass Vater mir fehlte. Es war seine Handreichung, unsere Verbindung wieder aufzubauen, die ich so lange mit aller Kraft unterdrückt hatte.

Ich baute mich vor dem Cembalo auf. Setzte das Notenblatt auf das Pult. *Feuerblau.* Vater wollte mir etwas mitteilen. Das war die Möglichkeit, die Vergangenheit zu überwinden und ihn anzuhören.

Ich setzte mich, rutschte auf der Bank hin und her, bis ich das Gefühl hatte, die richtige Position erreicht zu haben, richtete mich auf und straffte die Schultern. Ich brachte die Hände in die Ausgangsposition und hielt den Atem an. Ein Bild blitzte vor mir auf, wie Vater mir die

Grundhaltung erklärte. Lächelnd. Dann ein zuckender Schmerz, als ich glaubte, den Taktstock auf den Fingern zu spüren. Und schließlich die beruhigende Wärme von Stephans Hand, als er mir versicherte, dass ich das nie wieder würde ertragen müssen. Doch sein Gesicht verschwamm und ich sah Raffaels Augen vor mir, die mir Mut und Zuversicht schenkten.

Der erste Ton erklang glockenhell und spülte sämtliche Gedanken mit einer goldenen Woge aus meinem Kopf. Der zweite Ton verströmte eine vertraute Wärme in Purpur und löste die Erstarrung meiner Glieder. Und mit dem D in Feuerblau war es, als ob ich nie weg gewesen wäre.

Das Cembalo hieß mich willkommen, umarmte mich mit seiner silbrigen Klangfarbe wie ein warmer Sommerregen.

Ich spürte Vaters Anwesenheit so deutlich, als stünde er neben mir. Er war in der Musik, in jedem Ton und jeder Farbe. Er war ein Teil von mir.

Etwas verschob sich. Die Welt erstrahlte in all ihrem Glanz. Ich blühte auf und reckte mich der Musik entgegen wie eine Blume der Sonne. Endlich floss sie wieder durch meinen Körper und ich vertraute mich den wogenden Klängen an. Alles fügte sich zusammen.

Und dann lauschte ich. Lauschte auf das, was ich spielte. So vertraut. So tröstlich. Ein Lied, das mich mitten ins Herz traf. Das zu mir sprach. Das ich schon einmal gehört hatte.

Ich habe ihm zwei funktionierende Hände geschenkt.

Da wusste ich, wo ich das Lied gehört hatte. Es war an jenem Tag gewesen, als ich nach Winters Weiher zurückgekehrt war und Raffael das erste Mal am Cembalo vorgefunden hatte. Als ich geglaubt hatte, meinen Vater spielen zu hören. In Feuerblau. Weil es so auch gut war und zu mir passte. Weil ich ein Teil von ihm war.

Und so wie sich die Erkenntnis in mir ausbreitete, verflogen alle Zweifel im Spiel der Farben.

Es tut mir leid, Papa. Ich verzeihe dir.

Nachwort

Liebe Leserin, lieber Leser,

die Inspiration für diese Geschichte kam mir bereits im Jahr 2012, als ich meinen Vater besucht und dort zum ersten Mal ein Cembalo gesehen und gehört habe.

Es war so ein Moment, der sich im Nachhinein schwer beschreiben lässt. Der spezielle Klang des Cembalos hat mich irgendwie berührt und plötzlich habe ich Winters Weiher vor mir gesehen.

Der Klang und dieses Bild haben mich danach nicht losgelassen, sodass ich angefangen habe, einen Roman um diese Bausteine herum zu entwickeln.

Über die Jahre hat sich die Geschichte verändert und weiterentwickelt. Im November 2012 habe ich den ersten Entwurf geschrieben. Damals war es noch eine Liebesgeschichte mit übernatürlichen Elementen. Raffael war ein Geist, was für die Handlung absolut keine Rolle gespielt hat, und am Ende waren Kit und Stephan wieder zusammen. Ein klassisches Happy End.

Ja, es war wirklich so kitschig, wie es klingt. Aber wie so häufig hat es einfach Zeit gebraucht, um zu erkennen, worum es wirklich geht: Es ist eine Geschichte über das Erwachsenwerden. Es geht darum, zu sich selbst zu finden und vergeben zu können.

Daraufhin habe ich das gesamte Buch noch einmal geschrieben und unzählige Male überarbeitet. Ich kann es bis heute nicht ganz glauben, dass ich nie die Lust verloren habe und die Geschichte immer noch so liebe wie am ersten Tag. Vielleicht liegt es daran, dass ich ein Stück weit mit Kit zusammen erwachsen geworden bin.

Es gibt übrigens nur eine einzige Szene, die es aus der ersten Fassung in den Roman geschafft hat. Dabei handelt es sich um Kits Erinnerung im Kapitel *Tradimento*.

Auch wenn es viele Jahre gedauert hat, hat Kit endlich ihren Weg gefunden: auf das Papier und zurück zum Cembalo. Ihr winkt eine Zukunft, in der sie sie selbst sein kann: Die Frau, deren D in Feuerblau erklingt.

Ich hoffe sehr, dass dir mein Buch gefallen hat. Wenn du magst, schreib mir dazu gern eine E-Mail. Darüber würde ich mich sehr freuen und ich antworte auf jeden Fall. Gib mir nur ein wenig Zeit.

Solltest du mehr über mich und meine Arbeit erfahren wollen, besuch mich einfach auf meiner Homepage oder folge mir auf Instagram.

- Homepage: www.johannagerhard.de
- E-Mail: kontakt@johannagerhard.de
- Instagram.com/johannagerhard_autorin

Ansonsten bleibt mir noch eine wichtige Bitte: Für den Erfolg eines Buches und damit potentielle Leser*innen erfahren, wie die Geschichte anderen gefallen hat, sind wir Autor*innen auf Rezensionen angewiesen. Daher würde ich mich sehr freuen, wenn du ein wenig Zeit erübrigen und eine Bewertung abgeben würdest.

Vielen Dank, dass du mein Buch gelesen hast!

Herzliche Grüße,

Johanna

Danksagung

Ohne den *National Novel Writing Month* würde es dieses Buch nicht geben. Diesem Event verdanke ich die Rohfassung dieser (und manch anderer) Geschichte. Auch viele Kontakte sind darüber entstanden. Daher geht ein herzlicher Dank an die *Hamburger NaNoaten,* mit denen ich schon auf so manchem Treffen geschrieben, über Plotproblemen gebrütet und Ideen gebrainstormt habe. Ihr beweist, dass Schreiben keine einsame Tätigkeit sein muss, und wer Motivation benötigt, wird sie bei euch finden.

Ein ganz besonders großes Dankeschön geht an die beiden Mitglieder meiner Textgruppe: *Gabriele Albers und Andreas G. Meyer.* Ihr helft mir nicht nur, das Beste aus meinen Texten rauszuholen, sondern zeigt mir auch all das Gute, das schon vorhanden ist.

Meiner Lektorin *Mea Kalcher* danke ich von Herzen für die vertrauensvolle Zusammenarbeit. Du hast mir mit Geduld und Fingerspitzengefühl meine Schwächen aufgezeigt und dabei nie aus den Augen verloren, worum es mir mit dieser Geschichte geht.

Sarah Scheumer möchte ich für das fantastische Cover danken, in das ich mich vom ersten Augenblick an verliebt habe. Du hast die Stimmung des Buchs perfekt eingefangen.

Sarah M. Kempen, Autorenkollegin, ehemalige Mitbewohnerin, Freundin. Ob unter dem Dach oder am Strand, du warst bei jedem Schritt ganz nah dran. Vor allem auch, wenn es mal nicht so gut lief. Danke, dass es dich gibt.

Vielen Dank auch an *Rainer Wekwerth,* der es durch sein Feedback geschafft hat, mich in meinem Glauben an meine Fähigkeiten zu bestärken. Dein Schreibkurs war die Grundlage dafür, dass ich mir meinen Traum von der Selbstständigkeit erfüllt habe.

Wer nicht selbst schon ein Buch geschrieben hat, wird vermutlich schwer nachvollziehen können, was es alles mit sich bringt. Daher danke ich meinem Mann *Jonas* umso mehr, dass er mir mit seiner unvergleichlichen Geduld und Liebe bedingungslos zur Seite steht. Danke, dass du mich immer wieder motivierst, mich zum Durchhalten anfeuerst, mir den Rücken freihältst und jeden noch so kleinen Erfolg mit mir feierst. Du gibst mir das Gefühl, dass meine Arbeit wichtig und wertvoll ist.